Le pont de Ran-Mositar

Franck Pavloff

Le pont de Ran-Mositar

ROMAN

Albin Michel

IL A ÉTÉ TIRÉ DE CET OUVRAGE
VINGT EXEMPLAIRES
SUR VÉLIN BOUFFANT DES PAPETERIES SALZER
DONT DIX EXEMPLAIRES NUMÉROTÉS DE 1 À 10
ET DIX HORS COMMERCE NUMÉROTÉS DE I À X

Laurent, toujours.

Les mots dansèrent dans sa tête sans qu'il sache très bien s'il allait les retenir ou les laisser filer dans la quiétude du soir. La phrase s'agença d'elle-même, Schwara prononça à mi-voix : « Le monde est illisible. »

Il s'appuya contre un rocher qui montait la garde au sommet de la colline, caressa le granit de ses mains de bûcheron du Nord. En contrebas sur sa droite, le torrent qu'il suivait depuis les montagnes forçait en grondant une série de goulets. Aucun pays n'était aussi diversifié, aussi envoûtant que le sien. Aux plateaux de lave succédaient des forêts de chênes, en quelques heures on pouvait franchir dix vallées, gagner les îles, se baigner au pied de falaises sculptées par les geysers. Mais la guerre civile avait enflammé la presqu'île et les combats n'en finissaient plus de repousser les trêves.

Il plissa les yeux, quelqu'un avançait dans l'ombre. Les pas s'arrêtèrent, repartirent, insensiblement il écarta le pan de son manteau, glissa la main au fond de sa poche et dégagea la lame de son couteau. Doigts crispés sur le manche en noyer, il se tint immobile, longue silhouette de laine grise fondue dans la masse du rocher. On avait dû le suivre quand il avait quitté le lit du torrent, à tout moment il pouvait tomber sur un excité se prenant pour un seigneur de l'après-guerre. Chaque camp appliquait sa logique de l'ordre et du désordre, ceux qui se déplaçaient devenaient des cibles de choix pour les snipers. Il ne serait en sûreté que lorsqu'il aurait atteint Lurdj dont il devinait les lumières à l'embouchure du fleuve. Il fit tourner sa lame sous la clarté de la lune, un invisible frôlement, puis le silence à nouveau. Il enfonça son bonnet et rangea son couteau dans sa sacoche. Il avançait déchiré par des barbelés plantés jusqu'au fond de son âme.

Pour rejoindre le port, il passa à l'écart des villages martyrs, évitant les maisons désertées où se terraient survivants et trafiquants de tous bords. À l'approche de la ville, deux villas jumelles, blanches, surréalistes, émergeaient des collines brûlées. Entourées de cyprès fraîchement plantés, rehaussées de perrons de marbre vert, elles flottaient dans le paysage avec l'arrogance de yachts dans un port de pêche. À travers les hauts grillages, il aperçut des gardiens en armes et l'eau turquoise d'une piscine. Quand les chiens se mirent à aboyer dans sa direction, il se coula le long d'une murette et disparut dans la nuit.

Ses pensées reprirent leur sarabande. La survie du pays était chaotique, les faibles dépérissaient dans les ruines d'un monde révolu, les battants se construisaient un avenir de luxe, selon sa mauvaise étoile ou sa cruauté on renaissait rat ou lion.

Il sauta sur le goudron crevassé de la route qui menait aux portes de Lurdj.

Les premières heures de la nuit de printemps étaient fraîches. Il se glissa parmi des soldats en capote boueuse, des gars des îles, en déroute, qui tentaient de rentrer chez eux par le ferry, sans se faire refouler. La patrouille qui filtrait les entrées de la ville hésita devant leurs visages marqués et leurs armes puis, sentant de mauvaises ondes, les laissa passer avec Schwara.

Pour naviguer entre les factions rivales, il avait d'autres atouts que la force, il parlait plusieurs langues, connaissait les rites chrétiens et musulmans. Seules sa haute taille, ses mains épaisses, sa tignasse noire qui débordait de son bonnet signaient ses origines et, à Lurdj, il valait mieux cacher que l'on venait du nord de la presqu'île. C'est de là-haut, disait-on, qu'étaient descendus les premiers miliciens ivres de haine, des bûcherons prétextant que l'accent de ceux du Sud chuintait et puait le poisson. Mais dans la région de Schwara, au nord, on clamait au contraire que les tueurs du Sud étaient montés éliminer ceux des montagnes qu'ils trouvaient noirauds et trop rustres.

Il se faufila dans une ruelle aux murs humides, portes et fenêtres aveuglées par des cartons, se souvint vaguement d'une série d'entrepôts à fleur d'eau, du côté des docks bombardés, s'y dirigea. Très peu de monde dans les rues, la ville hébétée continuait à survivre au rythme du couvre-feu levé pourtant depuis plusieurs mois, comme si elle ne pouvait admettre sa guérison. Des jeunes le dépassèrent sans le voir, pack de bières à la main, en goguette pour une virée nocturne, et s'engouffrèrent dans l'escalier gluant qui descendait vers les quais. La guerre avait brouillé la donne, terreur et plaisir cohabitaient plus sûrement que les communautés entre elles.

Il serra ses mains l'une contre l'autre pour chasser la fatigue. Il lui fallait continuer, chercher encore.

– Tu veux des dollars ?

Il sursauta. Le jeune homme en salopette beige qu'il n'avait pas vu s'approcher répéta sa question. Il ne répondit pas. L'autre haussa les épaules et retourna vers ses amis serrés devant l'entrée d'un entrepôt qui avait repris du service. Un couple sortit de l'ombre des docks en se tenant par la main, longea le quai et s'engouffra par la porte jaune d'où s'échappait une musique de discothèque. Schwara lui emboîta le pas.

Dans le halo des fumées mauves, quelques regards s'attardèrent sur son manteau, mais sans plus. Il contourna la piste de danse pleine à craquer, l'immense comptoir de briques brunes, et s'affala sur un banc de bois adossé au mur. Sacoche au sol, assommé de techno, il laissa ses yeux s'habituer aux spots du plafond. Le public qui s'agitait était jeune, aux tables des hommes et des femmes plus âgés discutaient et buvaient. Ex-combattants, militaires, civils, bourreaux ou innocents, comment savoir ?

Il se leva pour commander une bière au bar,

c'était trop tard pour qu'il mange et il savait s'en passer.

– Tu descends d'où ? lui lança le barman en repoussant ses billets.

Schwara ne comprit pas tout de suite. Il resta la main en suspens, puis enleva son bonnet, comme si c'était ce qui lui valait l'ironie du gars en casquette de rapeur.

– T'es du Nord ? l'interpella son voisin qui avait vu la scène et ses longs cheveux noirs. Laisse, c'est pour moi.

Il jeta des dollars sur le comptoir, d'un signe de tête fit signe à Schwara de le suivre avec les bières, joua des épaules dans la foule et s'installa debout, devant un guéridon débordant de verres et de cendriers. Pour se faire entendre, il fallait parler haut.

– T'as pigé, on paye en dollars ici ! cria-t-il d'un air intéressé.

L'amorce d'une fine barbe tirait son visage sombre vers le bas. Pantalon rouge, anorak de marque, ce devait être un habitué des lieux.

– Je te fais un bon change, si tu veux, précisa-t-il.

Le dollar était le vainqueur de la guerre. Il sortit une liasse de sa poche, compta les billets nationaux sous la table, l'homme fit le transfert sans se cacher, tout le monde se fichait de ce genre de trafic.

– Ailleurs dans la ville, dit Schwara, c'est pareil ?

– Oui, à moins que tu veuilles bouffer des choux rouges et te taper de l'alcool pourri, pour le reste c'est en dollars.

– Tu en fais quoi, de ces billets ?

L'autre sourit d'un air entendu, on pouvait tout attendre de ce pays, lui pariait sur le retour des nationalistes qui confisqueraient les dollars de l'ONU.

Un homme en costume clair le salua en passant, ils échangèrent quelques mots avec l'accent des îles. Leur jeunesse intriguait Schwara. S'étaient-ils battus, que savaient-ils des milices qui se partageaient la ville ?

– Tu t'y connais en informatique ? lui lança l'homme du change.

– En informatique ?

– Ouais, tu pourrais être ingénieur ou prof, y a de tout ici, je te demande ça parce que mon ami me propose un lot de PC chinois à des prix fabuleux, mais il reste des montages à fignoler, la douane a confisqué des puces !

– J'y connais rien, moi tu sais...

– Tu fais quoi ?

– Je travaille dans le bois.

– Ça peut m'intéresser, réagit-il aussitôt, quoi dans le bois ?

– Je me débrouille, ça dépend.

– Mon oncle cherche des ouvriers, un chantier pour reconstruire les pontons des docks, ça paie bien, si ça te dit.

Schwara laissa passer son tour. Il était fasciné par un détail qui lui avait échappé, l'ébauche d'une petite mouche de poils sous la lèvre inférieure, comme en portaient les étudiants. Il demanda d'une voix légèrement voilée :

– Comment c'est, ton nom ?

– Youri, répondit l'autre, surpris.

Il regarda l'homme du Nord qui le fixait étrangement, se recula. Schwara lâcha quelques mots pour le rassurer :

– Pendant la guerre j'ai connu... Il s'arrêta, reprit : Je m'occupais d'une scierie dans les Londes, un coin perdu, un jour on a ramené à l'atelier un jeune gars salement amoché, j'ai essayé de le soigner, il est parti comme ça, un matin... des fois...

– Quoi ?

– T'as l'air de connaître beaucoup de monde, tu es jeune, on ne sait jamais.

– T'es comme les vieux d'ici, toi, tu vis dans le passé, à mon avis ce type il est perdu, n'y pense plus.

Un sifflement suraigu couvrit la suite, on s'agitait du côté du DJ, les buveurs se levaient, rejoignaient la piste de danse.

– T'affole pas, c'est la sirène du dernier quart d'heure, après on ferme, lança Youri, faut se dégourdir les jambes, salut !

Il cria par-dessus son épaule :

– Si tu veux le boulot, l'embauche c'est devant les docks d'Atlantil, à sept heures. Dis que tu viens de ma part. Ah oui, ton bonnet, il vaut mieux que tu le remettes, ceux du Nord c'est vraiment des enfoirés !

Les projecteurs étaient réglés sur le rythme des basses, il disparut dans la foule mouchetée de bleu, de vert, et d'un rouge si proche du sang que Schwara ferma un instant les yeux. Il se fraya un passage vers la sortie. Il avait eu raison de descendre jusqu'à Lurdj et de se laisser guider par son intuition, il finirait par trouver.

L'ESTUAIRE du fleuve miroitait comme un poisson d'or. Depuis qu'il travaillait à la rénovation des pontons, Schwara se levait de bonne heure, gagnait les rochers de la digue et attendait les premiers rayons de soleil. Quand la mer flambait, que la boule orange lui tirait des larmes des yeux, il se décidait à rejoindre le chantier.

Une vieille femme toute tassée, vêtue de noir, sauf un minuscule tablier brodé avec une poche pour la monnaie, lui vendait du pain et du Nescafé brûlant dans un gobelet de tôle rouge, frappé d'un ours blanc. En une dizaine de jours, il s'était créé quelques habitudes.

Il salua les ouvriers de l'équipe, Javil et Miounike, deux gros bras des îles, et un jeune maraîcher de la banlieue de Lurdj dont il oubliait toujours le nom, accrocha sacoche et manteau à une ferraille. Le vent du large poussait des vaguelettes d'écume le long du ponton à moitié immergé, il regretta ses grosses chaussures de cuir qui avaient dû faire le bonheur des pilleurs de la scierie, avant l'incendie.

Premier travail du matin : récupérer des poutres dans les décombres des immeubles voisins. Un toit surplombant la route s'était écroulé et une partie de la charpente se balançait dans le vide. Le maraîcher se hissa à hauteur du deuxième étage sur une panne faîtière qui avait glissé en porte-à-faux contre un mur. Il y noua une corde, d'un geste sûr la lança de l'autre côté d'une demi-cloison défoncée et sauta au sol rejoindre les trois autres pour faire contrepoids et la hisser. Arc-boutés, tirant de leurs huit bras, ils firent riper la panne contre l'avancée d'un plancher.

Soudain Schwara lâcha la corde et se jeta sur le maraîcher, l'entraînant dans un roulé-boulé qui les plaqua contre des fers à béton. Dans un feulement de couperet, un chevron hérissé de clous s'abattit à l'endroit même que le jeune occupait une seconde plus tôt. Dans l'étau des bras de Schwara, il gémit, portant la main à sa jambe.

Surpris, Javil et Miounike lâchèrent prise à leur tour, de l'autre côté de la cloison la poutre tourna sur elle-même, glissa, rebondit sur les gravats et alla se ficher comme un immense javelot dans le goudron de la chaussée. Le nuage de poussière se dissipa, Schwara relâcha son étreinte.

– Juste quelques entailles, t'as eu chaud !

Blanc comme une taloche de plâtre, le jeune homme acquiesça de la tête. Appuyé à l'épaule de Schwara il boitilla jusqu'au passage qui donnait sur la rue. Les hommes des îles les regardèrent passer sans émotion, sans un mot.

Le maraîcher déchira le bas de son pantalon pour calmer la douleur de son mollet qui frottait contre le tissu et, hébété, resta à fixer l'homme du Nord, yeux clairs vrillés dans les siens, essayant de comprendre pourquoi il l'avait sauvé au péril de sa vie.

À midi ils avaient déposé quatre poutres à côté de la panne. Éreintés, ils se reposaient face au soleil. Assis sur la coque verdâtre d'une barque, Schwara pelait une orange. Des trafiquants de seconde zone arraisonnaient les navires, taxaient les cargaisons et, depuis quelques jours, Lurdj croulait sous des pyramides d'oranges devenues plus abordables que la salade de chou rouge.

Ils parlaient peu, gardaient leur secret. Aucun n'avait de papiers en règle pour travailler sur le port, s'ils se laissaient aller parfois à des confidences après une bière, elles n'appelaient pas de réponse. Ses compagnons s'étaient vite aperçus que Schwara maîtrisait parfaitement le travail du bois mais, bûcheron ou charpentier, ils ne savaient pas trop. Une fois, il avait parlé d'une scierie perdue au cœur des grandes forêts, du côté des Londes, mais pourquoi un du Nord aurait-il pris un tel risque pour protéger un du Sud ? Ils n'en auraient pas fait autant pour lui. L'arrêt du conflit n'avait pas gommé les haines.

Mettant fin aux réflexions de chacun, Schwara sortit un carnet et un crayon de sa sacoche pour montrer comment réparer le ponton. Ils l'entourèrent.

– On a pas ce qu'il faut pour arrimer de nouveaux poteaux au fond de l'eau, on va assainir les anciens et les rallonger avec la panne.

– Bout à bout c'est risqué, ça ne tiendra pas, dit Miounike.

Schwara compléta son croquis.

– Si, avec des emmanchements... comme ça... avec la panne sciée en deux. Tu prépares les deux bouts comme si tu faisais une greffe, à part que tu tailles chaque tête en croix et que tu les assembles en force, l'une dans l'autre, l'astuce c'est ça, une entablure en croix. Après, quand tout sera bien jointé, on renforcera avec une ceinture d'acier.

– T'es sûr de ton coup ?

– On pourra rajouter des contrefiches sur les traverses pour diminuer les contraintes, mais pour le cerclage faudra demander à d'autres.

– Au dock 12, y a un gars qu'a remis la forge de l'atelier en service.

– Faudra voir.

Ils acquiescèrent en silence, puis le jeune maraîcher, qui avait l'air préoccupé, demanda :

– T'as dû travailler sur les chantiers maritimes pour savoir tout ça, non ? Et il ajouta sans le lâcher des yeux : Pendant la guerre, des forestiers sont descendus vers Lurdj et se sont fait embaucher au port. Ils se faisaient passer pour des charpentiers mais la nuit ils sabotaient les bateaux. Le drame du *Koring*, tu te rappelles peut-être, des dizaines de morts après une voie d'eau en pleine mer. C'était eux.

Schwara se redressa lentement. Le jeune homme sentait les habits d'hiver, comme quand on mettait à sécher les vestes près du poêle de la scierie, après une matinée de neige.

– Je sais, une centaine d'hommes et de femmes des plaines, entassés comme des bestiaux sur un rafiot de pêche qui se prenait pour le *Queen Mary*. Le capitaine s'en est sorti et court toujours, si je me souviens bien.

– Mais pas ceux de mon village, ils étaient sur le *Koring*, compléta doucement le maraîcher.

Schwara s'aperçut que depuis dix jours qu'ils travaillaient ensemble, il n'avait jamais prononcé son nom. Les deux autres l'appelaient d'un surnom que l'on donne aux filles, celui d'un conte populaire où une petite Svilda a peur même de son ombre.

– Des gens de ta famille, Svilda ?

Le jeune homme, surpris, marqua le coup et s'éloigna sans un mot en boitant. Schwara n'ajouta rien. Il s'excuserait plus tard, il avait besoin de ce garçon, étrange reflet d'une silhouette qui l'obsédait.

– Tu la scies en biais ?

Javil attendait devant la panne calée sur les chevalets, débarrassée de ses clous et de ses lambeaux d'écorce, une scie à la main. Il fallait avoir ses propres outils pour trouver du travail et il avait échangé deux paquets de cigarettes contre une vieille égoïne sur le marché au trottoir du centre-ville.

– Non, perpendiculaire à la section, mais tu vas t'emmerder avec ta queue de souris.

Javil ne comprit pas, serra ses muscles, menton levé, prêt à laver l'insulte.

– T'affole pas, le calma Schwara, c'est un terme de chez nous, c'est pour ta scie que je dis ça, la lame est trop souple, elle manque d'attaque.

Une phrase de travers et tout pouvait s'embraser. Des milliers de corps pourrissaient dans les charniers mais on continuait à se saisir du moindre mot boiteux pour creuser des tombes. La raison basculait, on récitait des credo, le passé se rafistolait avec de vieilles ficelles, le feu couvait sous la langue comme des braises sous les ruines.

Dans l'après-midi chacun s'activa dans son coin. Miounike assembla une passerelle provisoire pour atteindre les poteaux de l'extrémité du ponton. Javil négocia avec l'équipe du dock 12 la mise en forme de colliers qu'ils découpèrent au chalumeau dans ce qui restait des portes de la chambre froide d'un entrepôt. Pour se rendre utile, le jeune maraîcher, qui avait du mal à marcher, se mit à bricoler un brasero dans un vieux tonneau. De temps à autre il étalait sur son mollet une sorte de résine noire. Schwara se demanda s'il ne s'inventait pas une vilaine blessure pour quitter définitivement le chantier. Depuis qu'il l'avait appelé « Svilda », il était fuyant, sur la défensive.

Le jour pâlissait quand il commença à tracer un tenon en croix à l'extrémité de la grosse poutre avec une scie passe-partout et un ciseau à bois affûté des trois côtés qu'il avait tiré de sa sacoche. Du chêne si dense qu'il crut, au premier coup de ciseau, être tombé sur un clou de forge oublié dans la masse. Il trouva le bon angle, et des copeaux brillants comme de la limaille fusèrent sous la lame. L'outil virevoltait, suivait le fil du bois, revenait, tournait, dansait entre ses doigts. Ses boucles brunes échappées du bonnet tressautaient au rythme de son bras. Son esprit s'évada.

La tempête s'apaisait, il hâtait le pas vers la scierie. La veille on lui avait amené un jeune homme blessé, un de ces combattants de la dernière heure rejetés par les deux camps, et que tout le monde poursuivait.

Une lueur vive chassa ces images et le ramena à la réalité du ponton. Le maraîcher allumait le brasero avec un fond d'essence. Les flammes safran repoussèrent les fantômes. Il descendit de la poutre qu'il chevauchait et contrôla la longueur des deux entailles en vis-à-vis dans la section. Demain il ferait de même sur l'autre panne et emmancherait le tout à l'extrémité des poteaux.

La sirène des docks poussa une longue plainte. Javil et Miounike rassemblèrent outils et besace, enfilèrent leurs vestes sans un mot et se dirigèrent comme chaque soir vers la navette de l'estuaire. Ils étaient des dizaines à occuper sur la rive d'en face les baraquements de l'armée du Sud qui avaient servi pendant les derniers mois de guerre de centre de tri et de torture. Les soldats de l'ONU n'y avaient pas trouvé de charniers parce que la roche affleurait le sol. Les corps avaient été entassés dans des barges dynamitées au large. On parlait aussi de prisonniers coulés dans des blocs de ciment au pied des falaises à la pointe de l'estuaire.

Une fois, Schwara avait demandé à Miounike, qui était d'une île du Sud, s'il ne lui était pas difficile de trouver le sommeil dans un lieu si chargé. Il lui avait répondu que les racontars ne l'avaient jamais empêché de dormir, et que, même s'il y avait une parcelle de vérité dans ce qu'on entendait, il ne connaissait ni les bourreaux ni les victimes, alors pourquoi s'inquiéter de ces dérives. Schwara, incrédule, s'était fait répéter la fin de la phrase. C'était bien « dérives » que Miounike avait prononcé. Un peu plus tard il avait essayé de relancer la discussion. Quelle dérive pouvait-il y avoir chez les victimes, de quelle responsabilité les chargeait-on ? L'autre avait fait semblant de ne pas comprendre la question et s'était tu, dans les temps d'après-guerre on pouvait affirmer une chose et son contraire tout en gardant la tête haute. Puis il avait demandé à Schwara pourquoi il attachait tant d'importance au sort des disparus. L'échange s'était arrêté là.

Schwara s'approcha du brasero. Le maraîcher se taisait. Il roula deux cigarettes et lui en offrit une. Ils fumèrent côte à côte en regardant fuser les étincelles fauves vers le ciel. De lourdes voitures grises glissaient le long des docks, ralentissaient devant les braseros. Parfois un rire de femme échappé d'une vitre entrouverte agaçait le ventre des traîne-savates du port, puis le bas quartier reprenait sa respiration nocturne. Dans une heure ou deux, les fêtards s'amuseraient des dernières braises qui grésilleraient en touchant la surface de l'eau.

– Ça va mieux ta jambe ?

Sans attendre de réponse, Schwara s'agenouilla devant le jeune homme et souleva le bas de son pantalon. Il retira vivement sa jambe.

– Laisse, le baume m'a fait du bien.

– Tu devrais désinfecter la plaie, je peux me débrouiller pour trouver de l'alcool.

– T'as de l'argent, je sais.

Schwara se releva, cherchant comment désamorcer l'agressivité du maraîcher. Il n'arrivait pas à trouver le bon geste ou la parole juste.

Il rechargeait le brasero quand une femme venue de nulle part, engoncée de jupons et de foulards, s'approcha en chaloupant. Des cheveux courts et noirs appointaient son visage chiffonné, ses yeux brillaient d'alcool. Pour bien montrer ce qu'elle faisait dans les parages, elle plaqua sa hanche contre les cuisses du maraîcher. Son rire tendu glaça Schwara.

À la tombée du jour, des filles bravaient la nuit des docks pour des passes qu'ouvriers et marins payaient souvent de coups de poing. Elles venaient de Birinia et de Vulkar, îles rebelles de l'archipel, rasées par les troupes régulières qui avaient déporté les pêcheurs par centaines. Elles erraient dans les ports, se vendant à ceux-là mêmes qui avaient envoyé leurs hommes par le fond. La femme se trémoussait, parlait haut, ébouriffait les cheveux du jeune homme. Schwara s'emporta d'une voix sèche :

– Tu vois pas qu'il est blessé ?

Le rire de la fille se cassa net. Le maraîcher repoussa sa main, comme pris en faute. Schwara continua, injuste :

– Va au dock de la forge, c'est des marins là-bas, des gars de chez toi.

La réplique arriva, chargée de toute la haine du monde, crachat de la veuve au survivant :

– De quoi tu te mêles, parle pas de ceux des îles, t'es qu'un rat de ton putain de Nord.

Elle hoquetait, levant le coude pour se protéger des coups. Elle termina dans un souffle cassé :

– Ne me touche pas.

Et disparut dans la pénombre, laissant flotter dans l'air un gémissement glacé.

– Elle t'a traité de putain !

Le jeune homme prenait sa revanche, sortait ses griffes pour atteindre Schwara. Il précisa :

– Si c'est pas toi, en tout cas c'est le pays d'où tu viens.

Et comme libéré d'un poids, il se rassit calmement sur une caisse qui traînait par là. Schwara se rapprocha.

– Tout à l'heure, ça m'a échappé, excuse-moi...

– Quoi ?

– Ton surnom, Svilda...

– Comprends pas.

Il ne l'aidait pas.

– Tu sais... les autres t'appelaient comme ça, alors je croyais que je pouvais...

– Tu peux, c'est mon nom. Il y a plus de dix Svilda dans mon village et on a pas peur de notre ombre, si c'est ce que tu craignais. Svilda, ça veut dire « champ d'argent » par chez nous, on exploitait des mines argentifères.

Schwara ouvrit la bouche sans dire un mot, il n'était pas si différent des autres, lui aussi s'embarquait dans des impasses. Svilda n'en avait pas fini.

– C'est pas mon nom que t'as écorché tout à l'heure, c'est la mémoire de mes parents. Ils ont disparu dans les cales du *Koring*, c'est pas un fait divers, tu comprends, on peut pas s'en débarrasser en quelques mots, comme tu l'as fait.

Ses yeux étaient de feu. Schwara répondit aussitôt :

– T'égare pas toi non plus, je n'ai jamais travaillé dans un chantier naval, et puisque tu es de la plaine tu sais très bien qu'après le naufrage du *Koring*, ceux du Sud sont montés par chez moi égorger les forestiers.

Il hésita, puis poursuivit sur un ton plus bas :

– Moi, mes regrets et mes colères je les garde pour les vivants. Un jour on m'a amené un jeune gars blessé qui se cachait dans les bosquets. Je voulais le soigner mais il est parti en douce, je ne l'ai jamais revu. Si tu as croisé un homme jeune, avec juste quelques...

Il en resta là. Svilda s'était recroquevillé sur lui-même. Genoux serrés à toucher le brasero, les deux hommes avançaient leurs phrases à l'aveuglette, comme s'ils ignoraient la forme de l'entaille des pièces qui pouvaient les réunir.

Dans leurs dos, les néons tremblotaient à l'entrée des bars. De petits groupes excités rejoignaient les premières notes de la nuit des dancings. Sur des scooters customisés, des dealers à gourmettes d'or sillonnaient les quais où des vendeurs de brochettes agitaient leurs éventails. Les saveurs d'agneau grillé se mêlaient aux senteurs marines.

Schwara posa une pelure d'orange en équilibre sur le bord du brasero, une torsade parfaite qui grésilla sur la tôle et dont il suivit la brunissure. Il poussa ses pas jusqu'au ponton, claqua son briquet, fit courir ses doigts le long de l'entaille de la grosse poutre. Le ciseau avait rendu au chêne une douceur compacte.

Une fois, il avait lancé un pari dans son atelier, à qui reconnaîtrait, au toucher et en aveugle, différents échantillons de bois. Il avait tout deviné, même les essences exotiques pour le travail de marqueterie. Quand on lui avait demandé d'où il tenait son savoir, il était resté évasif. Personne ne s'était rendu compte que, yeux fermés, il frottait doucement les pièces de bois du bout des doigts pour faire ressortir les parfums du jatoba ou de l'amarante.

La douleur à présent irradiait l'aine de Svilda mais il ne se résignait pas à s'éloigner de l'homme qui se tenait à ses côtés, légèrement penché sur la cigarette qu'il roulait, comme le faisait son père.

Quand les chars du Nord avaient pointé leurs canons sur les bas quartiers de Lurdj, ses parents, qui sarclaient des salades dans la plaine, avaient vu leur maison exploser comme une simple courge sous des grêlons de juillet. Il les avait entraînés en courant vers le port comme on met des enfants à l'abri – elle dans ses bottes de glaise, lui serrant une dérisoire binette de maraîcher – et à coups d'épaule, de cris et de dollars, les avait poussés sur la passerelle du *Koring* surchargé.

La lueur du brasero caressait le profil de Schwara qui humectait la feuille de papier d'un rapide aller-retour de la langue. L'homme qui avait saboté le rafiot de la dernière chance pouvait-il ressembler à ce point à son père ? Svilda allongea ses jambes pour essayer de chasser le mal d'écharde qui fouillait sa plaie. Ses pensées tournaient confusément dans sa tête.

– L'homme que tu as soigné dans la forêt, il s'est enfui ou il s'est échappé ? Ce n'est pas la même chose.

Il avait lancé cette question à voix haute sans vraiment s'en apercevoir. La réponse de Schwara, en retour, le força à émerger de ses brumes.

– Appelle ça comme tu veux, de vilaines brûlures lui mangeaient le visage et le torse, un matin je ne l'ai plus revu.

Les musiques techno entrecroisaient leurs basses au gré de l'ouverture des portes des boîtes de nuit. Des éclats de rire fendaient l'air humide sans libérer de joie. Svilda s'accrochait à son idée, à mots incertains :

– La semaine dernière, les miliciens ont attrapé un vendeur de maïs sur les marches de la mairie, il venait des plateaux secs, en bordure des bois.

– Du côté des sources chaudes sans doute, il avait fait quoi ?

Svilda se recroquevilla, sa voix sortait de son ventre, par saccades :

– En ce moment, des gars essaient de se refaire une virginité, ils descendent des montagnes du Nord déguisés en vendeurs de maïs ou en artisans, pour rechercher ceux qui leur ont échappé et les achever.

– Pour qu'ils ne les dénoncent pas au Tribunal international, compléta Schwara, j'ai entendu cette rumeur, comme si faire taire les victimes suffisait à effacer le passé des bourreaux… Ridicule.

– Ridicule ou pas, le vendeur de la mairie a fini comme ses maïs, grillé au milieu de la place, un pneu enflammé autour du cou. J'y étais.

– Pourquoi tu me racontes ça ?

– Parce que tu m'as parlé de ce jeune de la scierie comme si tu en avais après lui.

– Il était blessé, je lui portais du pain et du fromage, tout le monde aurait fait la même chose. Parfois il dormait, les joues rougies par la fièvre, alors je faisais du bruit, il sursautait, hagard, et plongeait sur son pétard dont j'avais retiré le chargeur, tu parles d'un terroriste aux yeux de chouette !

Svilda ajusta sa voix :

– Il aurait pu te tuer et, maintenant, t'en parles d'une drôle de façon, comme s'il t'était proche.

– T'aurais pu le croiser sur ton chemin, il disait venir de la plaine de Lurdj, il avait une petite mouche de poils châtains sous la lèvre du bas.

Pour se redresser le maraîcher appuya sur sa jambe et les quais se mirent à tourner. Il lança les mains en avant, perdit l'équilibre, heurta le brasero qui bascula sur les pavés et finit sa course dans l'eau du port, dans un sifflement de vapeur.

Assis un peu plus loin à regarder les étoiles dans le miroir du fleuve, un couple d'amoureux, surpris par le chahut de tôle, crut à une bagarre :

un homme immense se penchait vers le sol, bras levé. « Il va l'achever, viens, on s'en va », lança la femme. Ils ne virent pas Schwara saisir doucement Svilda par les épaules, le redresser, lui parler à l'oreille avec une infinie douceur :

– Ça va, mon gars, ça va ?

– C'est rien, dit le jeune homme en se cramponnant à son bras, je n'ai pas mangé aujourd'hui.

Schwara l'entraîna vers les étals du bout du quai où se croisaient fêtards et truands. Il acheta des ailes de poulet grillé, deux bières et du pain qu'il fourra dans sa sacoche. Il avait remis son bonnet de bûcheron, il ne devait pas baisser la garde s'il voulait revoir le soleil se lever sur Lurdj. Svilda grelottait de fièvre. On s'écartait au passage de ces hommes qui zigzaguaient, un toxico en manque au bras de son mac. Un petit râblé en costard cracha devant leurs pieds. Indifférent, Schwara s'éloigna en soutenant le jeune homme qui titubait.

Il ne se sentait pas le courage de chercher un nouvel abri. Tant pis pour les ombres qui rôdaient dans les caves de son squat en sous-sol. Dans le box d'à côté, une famille de commerçants musulmans survivait. La fille voilée sortait la nuit pour rentrer à l'aube, cheveux libres et maquillée, en temps de guerre la foi s'effaçait devant la nécessité de manger.

Il porta presque Svilda pour l'aider à descendre les marches et l'installa contre un tuyau d'eau chaude qui courait le long du mur. Il avait juste la force d'avancer ses lèvres vers les bouchées que lui préparait Schwara. Au milieu d'un brouillard bleuté, le sourire de son père se superposa au visage de l'homme. Quand il murmura « papa » en souriant, Schwara se figea net et lâcha rudement :

– Tu délires, je vais essayer de trouver des antibiotiques.

Il le recouvrit de sa couverture et le laissa à la garde de la flamme d'un cierge rouge dérobé à la chapelle Sainte-Katrin. Dans la cave voisine, les commerçants attendaient dans le noir le retour de leur fille pour acheter du charbon de bois et de la farine de maïs.

Schwara n'avait touché ni au poulet ni à la bière, il se sentait bousculé dans des zones si intimes qu'aucune pensée ne parvenait à éclairer le nom de son mal. Il aurait pu le nommer « absence » ou tout aussi bien « rage », mais il y avait tant d'ouvertures dans ces mots que les courants d'air les emportèrent. Au loin, la mer n'était qu'une immense étendue d'ardoise et de tôle.

Il repéra l'échoppe de planches vertes d'un droguiste, adossée au château d'eau de la ville, dont il ne restait que deux piliers soutenant par miracle l'immense cuve de béton éventrée. Il agaça de jets de pierres un molosse qui gardait la boutique, jusqu'à ce que le canon d'un fusil se glisse par la porte.

– C'est urgent, un blessé, cria-t-il en tenant son briquet et des dollars à hauteur de visage.

L'arme s'abaissa, une voix fit taire le fauve et un homme dont il se demanda comment il pouvait tenir dans si peu d'espace se déplia, la barbe aussi embrouillée que les lambeaux de fourrure qui lui servaient de manteau. Il acheta une boîte d'antibiotiques à la date de péremption douteuse, des compresses et un désinfectant provenant d'un colis détourné de la Croix-Rouge.

C'est après une heure d'errance qu'il retrouva la femme. Elle ne le vit pas, agenouillée sur ses foulards colorés et ses jupons qui lui boursouflaient la taille, trop occupée avec le soldat qui la tenait par ses cheveux courts et la dominait de toute sa taille. L'homme cria son plaisir en maintenant sa tête contre son ventre, puis ricana en poussant un bâillement. Ils échangèrent quelques paroles, de l'argent et la scène s'effaça. La nuit changeait les draps sans bruit, des mondes naissaient et disparaissaient en un instant, la réalité se jouait du réel.

Schwara s'approcha lentement. Adossée à une murette, la femme se rinçait la bouche au goulot d'une bouteille en plastique. Elle le regarda au-delà de sa masse d'homme, comme s'il était transparent, ne le reconnut pas. Les mots violents qu'ils avaient échangés quelques heures plus tôt avaient fait leur temps. Il la fixait comme si une doublure d'elle allait repousser les chiffons emmêlés, se dresser et hurler, mais elle restait prostrée, sirotant l'alcool frelaté. Il lui parla comme il savait approcher un animal pris au piège, des mots doux, flottants, qui peu à peu écartèrent les mâchoires d'acier qui l'enfermaient. Il se tenait à distance, par respect pour elle dont il connaissait l'histoire et aussi parce qu'il avait laissé son bonnet au squat. Elle avança la tête et murmura d'une voix travaillée par l'accent des pêcheurs de Birinia :

– T'es du Nord mais t'es comme moi, tu cherches, à Lurdj tout le monde court après quelqu'un, ils t'ont pris quoi, les soldats, ta femme, tes gosses ?

Sa respiration était courte, ses mots précis. Elle poursuivit :

– À Birinia ils les coupaient en deux ! Tchac ! fit-elle en mimant un coutelas. Comme des thons, tchac !

Elle lâcha encore quelques « tchac » et tomba dans un demi-coma. Schwara s'assit sur ses talons, fasciné par cette veuve qui s'approchait au plus près des tortionnaires pour entrer dans l'enfer où errait son homme, et qui séduisait les bourreaux pour sentir sur leur peau l'odeur des disparus. L'obsession de retrouver les siens menait aux plus immondes des arrangements. Il s'approcha comme s'il allait l'étouffer ou lui faire l'amour, humant son odeur de belette. Blottie dans ses tissus cent fois lavés et délavés, les ongles griffant le sol, elle marmonnait des mots sans suite, dans l'espoir que le vent du port emporte son souffle jusqu'à l'oreille de son homme qui flirtait avec les sirènes des grands fonds.

Il s'installa à côté de la femme du pêcheur, sortit son couteau et attaqua l'écorce d'une branche qui traînait dans la boue. Il distinguait à peine le bout de ses doigts, la lame incisait, insistait, enlevait l'ergot des rameaux, suivait les fibres et les courbes claires des nœuds. Quand il sut, d'instinct, qu'il avait terminé, il fit claquer son briquet.

Dans le creux de sa main, à peine plus longue que le manche de son couteau, fine comme une navette, une petite sirène joufflue à la queue d'écaille lui souriait. De la pointe de la lame il fignola quelques détails, fit sauter de minuscules copeaux pour affiner la taille et traça au dos les quelques lettres qui ne le quittaient plus depuis qu'elles s'étaient invitées dans sa mémoire : « illisible ». Il fit rouler la fille-poisson entre ses mains et la plaça entre le dernier tissu fleuri et la peau de la femme endormie, comme on glisse une pomme de terre sous la cendre.

Pas un instant il ne s'était demandé pourquoi il faisait cela, mais les traits de son visage s'étaient détendus. Il n'avait pas lâché le fil rouge. Demain il prendrait le ferry pour Birinia, l'île où les femmes ne craignaient pas de se frotter à la panse du diable pour mieux l'étouffer.

Svilda s'aperçut à peine qu'il avalait des gélules et qu'on désinfectait sa plaie. Il se rendormit aussitôt, la tête sur sa besace à outils, les bras serrant le tuyau tiède comme un oreiller de plumes. Schwara récupéra sa sacoche, cacha ses mèches folles sous son bonnet, redressa le cierge qui bavait une écume rouge et sortit. Le jeune homme pourrait se soigner et se remettrait sur pied. À son âge, la mort n'insistait pas.

Les derniers néons des dancings s'éteignirent. Quelques irréductibles fêtards rallumèrent un brasero au bout des docks et s'amusèrent à canarder de canettes de bière les rats qui couinaient dans les ordures.

Quand l'ombre de Schwara frôla les murs de l'entrepôt des docks d'Atlantil, trois heures sonnèrent à une invisible horloge cristalline. Il ne dormirait pas cette nuit. D'un geste familier, il suspendit sa sacoche au crochet rouillé, sortit le maillet et le ciseau à bois qu'il affûta sur une pierre noire. Il lui restait quatre heures avant le lever du jour pour terminer les tenons sur l'autre demi-panne et tailler l'extrémité des deux poteaux. Demain, lorsqu'il serait parti, Miounike et Javil les assembleraient et les feraient cercler.

La faim provoquait en lui une étrange excitation. Il plongea plus de dix ans en arrière. Aux flancs de la très haute vallée, de longs nuages s'effilochaient aux champs de rhododendrons et mille gouttelettes parfumées s'alliaient à la senteur âcre du bois de teck. Le maillet bien en main, son bras rythmait les textes sacrés psalmodiés par ses compagnons de travail. Il faisait corps avec le pilier dont il restaurait le chapiteau, sculptant des rosaces à l'identique des motifs qui ornaient les meubles de sa campagne du Nord. Sur l'échafaudage d'en face, contre le second pilier de la porte du temple, un compagnon ciselait la queue torsadée d'un dragon sur une pièce de bois rapportée au niveau du gorgerin. Le petit homme lui jetait de fréquents regards, fasciné par son long nez, ses boucles brunes et ses mains de géant. Sans s'arrêter de frapper, il l'interpellait avec ce surprenant accent qui poussait les voyelles vers la finale des mots. Il lançait par deux fois très fort « oh ! kumbeshwara ! », « kumbeshwara ! » et était secoué d'un rire sans fin qui s'envolait vers les cimes glacées.

Schwara leva les yeux vers le ciel. La verrière éclatée du dock attenant au ponton lui renvoya, dans un silence de clapotis, le simple reflet d'une demi-lune meurtrie. Il contrôla de ses doigts gourds l'entaille à la tête de la panne, la forme du tenon était correcte. Il aurait fini la seconde partie de son travail avant l'aube, pour peu qu'il ne se laisse pas déborder par ses pensées.

Le courant s'était inversé dans l'estuaire. Des sacs plastique et des brindilles prises dans de la mousse jaunâtre remontaient le fleuve. La marée de la nuit prenait le monde à l'envers, la mer se ruait vers les montagnes, les eaux refluaient vers leur source, le temps se détricotait et laissait échapper des mailles de souvenirs comme d'une guenille de laine.

Schwara suivait les vaguelettes contraires qui léchaient les piliers, il se pencha à la limite du déséquilibre. Les tourbillons lui renvoyèrent le visage d'un homme morcelé avec des traits d'une incroyable dureté et parfois happé de l'intérieur par un chapelet d'yeux vides de lumière. Des ombres marines agitaient les bras, l'invitaient à les rejoindre. Il répondit par un hurlement de loup, agrippé au poteau qui tanguait, respira à grandes goulées l'air saturé d'humidité et peu à peu la ligne d'horizon se stabilisa. Demain, il laisserait Lurdj derrière lui, prendrait le ferry, chercherait encore. La vérité était sûrement au-delà de ce qu'il s'était fixé.

Le dos bien droit, à cheval sur la passerelle qui traversait le ponton, il porta les premières entailles aux poteaux durcis par le soleil et le sel. Au chant du ciseau qui attaquait le cœur du bois, se mêla celui d'un rossignol.

IRINI tendit l'oreille vers la pièce d'à côté, se rapprocha sans bruit de la cloison malgré ses rangers trop grands de deux tailles échangés en début d'hiver contre des pots de confiture de mûres. Les sanglots s'arrêtèrent, reprirent. D'un geste d'impuissance elle laissa pendre ses bras, à quoi bon feindre de ne pas savoir que sa fille Luria pleurait, à quoi bon faire semblant dans ces temps d'après-guerre où il fallait prendre les peines et les désespoirs comme autant de sursauts de vie.

À vingt ans, Luria pleurait comme une enfant, recroquevillée au creux de son lit, mains serrées entre les jambes, mais elle était vivante, à l'abri des intempéries, et c'était l'essentiel.

Le soupirail laissait entrevoir un rectangle de ciel pâle. Au sommet de la colline à l'ouest de Ran-Mositar, l'immense croix dorée disparaissait sous la brume. Il était trop tôt pour rejoindre le chantier, Irini partirait de chez elle lorsque la pointe des branches renverrait les premiers feux du matin.

Elle se demanda, en se dirigeant vers la glace ronde au-dessus de l'évier, d'où provenait toute cette richesse. On disait que certaines familles fortunées en exil étaient si riches qu'elles envoyaient aux églises des caisses entières de feuilles d'or pour bien montrer à ceux de l'autre rive la supériorité de leur foi. D'autres pensaient plutôt que le métal précieux provenait des trésors pillés à l'est, ramenés par les soldats qui auraient fondu les bijoux de l'Empire ottoman, avant de faire sauter les mosquées. Les passions contraires couvaient sous les cendres de l'armistice, les habitants étaient capables d'enflammer à nouveau les quartiers de la ville pour imposer leur symbole, croix dorée contre croissant vert.

Face au miroir, ses yeux d'opale traquaient sans complaisance les imperfections de sa peau. Elle lissa ses cils d'un ersatz de mascara offert par Luria, rehaussa ses pommettes d'un voile de poudre de pierre crayeuse cent fois râpée et mélangée à une décoction d'abricot. Aux heures les plus dramatiques des mois de blocus sans eau et sans électricité, elle s'était toujours débrouillée pour trouver de quoi se maquiller. Son visage ne devait pas refléter son passé.

Elle se décida à raccourcir quelques mèches blondes entre la tempe et l'oreille droites, puis couvrit ses cheveux d'un fichu à grosses fleurs mauves. Elle aimait mélanger les genres, yeux marqués sous le foulard de la tradition. Le mystère aussi était un luxe dans la ville dévastée où l'intolérance poussait chacun à traquer l'apparence de l'autre pour savoir s'il était de la rive ouest ou de celle de l'est.

Dans la pièce voisine, le silence s'était fait. À deux doigts d'entrebâiller la porte, Irini se ravisa et respecta le repos de sa fille. Elle enfila une veste d'homme bordeaux par-dessus une robe-tablier elle-même recouvrant un jean et quitta le sous-sol en même temps que le vieux type du logement d'à côté. Comme à son habitude, il fit semblant de ne pas la voir. Les anciens étaient dépassés par la logique de la guerre qui, en fauchant les hommes des villages, obligeait les femmes à se réfugier dans la capitale et à cohabiter sans mari et sans père.

Irini devait sa chance au malheur qui avait

frappé son oncle, propriétaire des deux pièces exiguës. Un sniper isolé l'avait abattu au retour du marché, le jour où, fuyant la région des lacs avec sa fille, elle arrivait à Ran-Mositar et venait de retrouver son adresse. Aidée de Luria, elle l'avait traîné sous les balles à l'abri d'une carcasse de voiture et, dans un hoquet de sang, il avait rendu l'âme avec, dans ses yeux vitreux, toute l'incompréhension du monde. Il s'était terré des années dans son sous-sol pour ne pas prendre parti entre ceux de l'est et ceux de l'ouest et une balle anonyme l'abattait à la fin du conflit.

Le soir même Irini changea la serrure et s'installa avec sa fille dans les deux pièces basses qui sentaient la pipe. Elle tint tête aux racketteurs qui essayèrent de les taxer et aux miliciens ivres qui tambourinèrent à la porte avant de se lasser. Elle avait compris que, pour survivre, il fallait montrer sa force et s'engager.

Lorsqu'on fit savoir à travers la ville que les maires des deux rives du fleuve avaient trouvé un accord pour reconstruire le vieux pont piéton sur la Vitoul avec l'aide de financeurs internationaux et que l'on cherchait de la main-d'œuvre, elle passa la nuit devant le bureau de recrutement. Elle fut la première à être embauchée sur le chantier de reconstruction de la culée du pont, côté ouest. À l'est, la pile avait mieux résisté, elle n'aurait pas à traverser le fleuve. Bien sûr il y avait encore des tireurs cinglés dans la ville, mais participer à la reconstruction de l'arche unique du pont de Ran-Mositar l'immunisait contre l'envie folle qui la tourmentait chaque soir de se coucher dans un trou avec Luria pour ne plus se réveiller.

Le salaire était maigre ; le travail épuisant, mais elle n'avait pas baissé les bras, comme son oncle.

À mi-chemin, au niveau de l'avenue du Commerce, elle marqua une pause de quelques minutes, le temps d'avaler un bol de thé à l'échoppe d'un paysan au manteau de laine bariolé. Elle ne déjeunait jamais chez elle, même pas le dimanche, pour ne pas refaire les gestes d'autrefois.

Elle s'installa au bout d'un banc et sortit biscuits et figues sèches de son sac. Des voitures aux galeries surchargées repoussaient à grands coups de klaxon piétons et vélos qui descendaient vers le bac, quatre barques à fond plat accolées flanc à flanc, guidées par un câble d'acier. C'était l'unique passage pour relier les rives de la ville, depuis que le pont routier et le pont piéton avaient été précipités au fond de la Vitoul par des obus que chaque camp attribuait à l'autre. D'énormes embouteillages se formaient aux abords du fleuve qui, de temps à autre, engloutissait son dû de ferraille et de chair.

Quand elle arriva devant la cahute de tôle du chantier, une vingtaine de journaliers se pressaient déjà contre le guichet grillagé. Pour compléter ses équipes selon l'avancement des travaux, Joannis le contremaître embauchait au jour le jour les plus costauds. Ce matin ils auraient à décharger des blocs de pierre pour renforcer les fondations du pont. Un travail de force. Il n'y avait plus de camions-bennes et il fallait hisser les rochers à coups de barres à mine jusqu'au rebord de la plate-forme des véhicules, puis les faire basculer au sol à l'aide de leviers de fortune.

Irini salua le groupe de femmes qui se préparaient comme elle à attaquer les tonnes de glaise qui engluaient les anciennes fondations. Les plus chanceuses enfilaient des bottes, les autres entouraient leurs mollets de bandes de velours rêche, récupérées dans l'usine textile d'à côté, partie en fumée la veille de Noël sous les bombes au napalm.

Moments de détente avant de plonger dans l'entonnoir de boue. Irini doubla ses rangers de bandes torsadées qu'elle fit monter par-dessus ses jeans jusqu'aux genoux. Deux femmes assises sur des brouettes, mêmes yeux plissés, mêmes joues rondes, rigolaient en la regardant s'activer.

– Prends pas les deux jambes à la fois !

– C'est la mode, paraît qu'il y a un contingent d'Égyptiennes qui vient d'arriver.

– Les momies risquent pas de vous approcher, répliqua Irini avec un plein sourire, bien trop peur des rats dans vos bottes d'égoutier !

Elles continuèrent à se chambrer gentiment. Catrina, l'aînée des deux sœurs, et Alouche, allaient dans la vie avec pour tout bagage un grand sac qu'elles trimbalaient soir et matin. Elles dormaient dans le baraquement des femmes déplacées dont la plupart avaient subi des violences. Gardées par l'ONU elles étaient en sécurité mais ne pouvaient y laisser dans la journée ni biens ni vêtements. Quand, un jour, Irini avait confié qu'elle avait fui son village avec sa fille, les sœurs avaient coupé court à tout retour de confidences.

Avec pelles et brouettes, elles s'engagèrent sur le sentier glissant qui descendait à la Vitoul.

– Il faut finir de déblayer jusqu'au repère.

Irini montrait aux sœurs un piquet rouge fluo qui émergeait de la glaise.

– Il y a plus d'eau que de terre, ils feraient mieux d'installer des pompes.

– Laisse tomber, c'est toujours ça de pris, quand il faudra empierrer et couler le béton c'est pas sûr qu'ils nous gardent.

Elles se mirent à pelleter sans états d'âme, forçant des reins pour remonter les brouettes par la passerelle qui surplombait les containers où elles déversaient leurs charges.

De sa cabane, Joannis le contremaître les regardait vaguement travailler. Il avait abandonné ses pratiques de main baladeuse après avoir été agressé sauvagement un soir à la nuit tombante. Les femmes n'avaient pas échangé le moindre mot sur l'incident qui avait fait jaser le chantier, mais chacune savait que les deux autres étaient capables d'une telle violence.

L'air vibrait d'appels et de chocs. Du haut de la rive, des curieux regardaient s'agiter ces gros coléoptères recouverts d'une gangue de boue durcie au soleil de la mi-journée.

Quand le vieux pont de pierre s'était effondré sous le tir croisé des obus, musulmans et chrétiens étaient restés pétrifiés. Jusque-là, aucune faction n'avait osé s'attaquer au symbole du pont qui reliait les communautés par-dessus la Vitoul. Construit au XVIe siècle il avait résisté aux invasions et à toutes les crues, opposant le dos rond de son arche pacifique à la poussée des collines. Soudain la notion de crime contre un patrimoine de l'humanité s'inscrivait dans le livre de la barbarie. La ville avait retenu son souffle puis, dans un silence pétri d'angoisse, les habitants s'étaient approchés des rives séparées. L'incroyable blessure qui béait devant eux zébrait leur conscience d'une même cicatrice, les rendait responsables d'une inconcevable atteinte aux racines de la vie. À l'est comme à l'ouest chacun s'était replié au sein de sa communauté, dans la fureur et la plus extrême des solitudes.

À présent, observant les travaux, ils se demandaient si reconstruire le pont piéton ne risquait pas de faire resurgir les haines qui avaient engendré sa destruction.

Peu avant midi, des vendeurs de beignets et des fillettes harnachées d'énormes Thermos bigarrées s'installèrent aux abords du chantier.

Après quelques volées d'injures gommées par des quolibets et des rires, chacun trouva sa place en attendant le client.

Les trois femmes se tassèrent sur un rocher plat à l'abri des sautes de vent qui remontaient la Vitoul, jambes d'argile allongées au soleil. Alouche s'endormit aussitôt, poupée ronde désarticulée, tête cassée sur le cou. Du coin de l'œil, Catrina regardait les ouvriers des autres équipes. Ils fumaient des cigarettes de contrebande et sifflaient des rasades d'alcool de prune avant de trancher avec des couteaux effilés comme des rasoirs de petits carrés de lard filandreux qu'ils mâchaient lourdement. Ses rapports avec eux se bornaient à échanger des nouvelles du temps ou des consignes de travail. Elle ne leur avait jamais parlé sans la présence de ses compagnes. Qu'ils soient des îles ou des forêts, les hommes portaient sur eux cette odeur de musc qu'elle essayait chaque matin de chasser de sa peau en frottant ses seins et son ventre jusqu'au sang, avec une pierre volcanique aussi rugueuse qu'une poignée de chardons. Son visage n'exprimait pas plus d'émotion que si elle observait des chiens, des singes ou les blocs de roche de l'autre côté du grillage.

Elle accepta un beignet que lui tendit Irini en montrant du menton les journaliers qui, paye du matin en main, se pressaient autour des vendeuses de thé.

– Des bûcherons, t'as vu leurs mains !

Catrina continua de manger sans répondre.

– Il y a longtemps qu'on avait pas vu de gars du Nord à Ran-Mositar.

– Tu sais ce qu'on dit d'eux ? lâcha doucement Catrina.

Ce fut au tour d'Irini de se taire. Alouche se réveilla en sursaut, chassant les fourmillements de son bras droit.

– Hé, n'en profitez pas pour tout finir !

Son ton enjoué allégea l'échange. Sa sœur lui avança des figues et du pain, Irini se leva pour aller chercher une boisson chaude.

La pause touchait à sa fin. Les journaliers finissaient leur thé, à l'écart des ouvriers qui ne faisaient aucun effort pour aller vers eux. Ils étaient larges d'épaules, sauf le plus jeune, un grand tout en muscles longs qui rythmait de la tête la musique de son baladeur, écouteurs plaqués par-dessus son bonnet de laine bleue. Irini se demanda si c'était pour provoquer les autres mais il était tellement absorbé par ce qu'il écoutait que ce n'était sans doute qu'un adolescent fasciné par son nouveau gadget. On trouvait de tout en ville, les rues étaient un immense marché aux voleurs. Des paysans s'encombraient d'ordinateurs démodés, des écoliers rapportaient chez eux des postes de radio et des game boy qui tombaient régulièrement en panne. Une fois, Irini avait suivi une vieille femme qui avançait dans la rue, courbée sous le poids d'un appareil de musculation. Elle s'arrêtait tous les dix mètres en riant pour caresser les poignées d'inox et dépoussiérer le siège de plastique rouge. Les démons de la guerre s'amusaient de ce petit monde en sursis qui s'arrachait les objets inutiles qu'ils n'avaient pu digérer.

Le jeune homme fit face au soleil, gobelet aux pieds, et retourna la cassette de son baladeur sans cesser d'agiter la tête d'avant en arrière. Une barbe de quelques jours n'arrivait pas à durcir ses traits. Quelque chose d'indéfinissable intriguait Irini, un déséquilibre dans son visage, comme si le côté gauche, figé, ne pouvait suivre le pli moqueur amorcé par sa fossette droite, ou cette drôle de mouche de poils au menton, ou peut-être ses mains si larges qui jouaient à présent avec le gobelet coloré, comme s'il s'apprêtait à étouffer un chardonneret.

D'un geste du poignet, elle jeta au sol son café qui s'était refroidi et se redressa. Les ouvriers se levèrent à leur tour. Ils claquèrent des pieds pour secouer la boue de leurs chaussures, laissant au sol des ronds jaunâtres comme les corolles de spores des champignons qu'elle mettait autrefois à sécher sur la table du jardin. Elle serra les dents pour verrouiller les images du passé.

L'homme au baladeur qui avait déclenché ses souvenirs avait disparu. Elle remonta en courant le chemin jusqu'à la baraque de Joannis pour le rattraper. Lorsqu'elle demanda au contremaître s'il le connaissait, il craignit une embrouille et lâcha quelques informations pour avoir la paix. Les plus âgés étaient des paysans de la région des volcans, mais le plus jeune, il ne savait pas. Des rustres, en tout cas. Il en profita pour glisser qu'il avait quelques biens à l'étranger et que celle qui saurait trouver le chemin de son cœur ne regretterait pas... Il s'arrêta net, sous le regard méprisant d'Irini.

LA lumière qui sortait du soupirail – sa fille disait « la lucarne » – était plus intense que d'habitude. C'est un jour avec électricité, pensa Irini. Le courant parvenait jusqu'au sous-sol selon un rythme mystérieux qui n'avait à voir ni avec le froid ni avec la pluie ou le grondement des canons, comme si un génie facétieux s'amusait à lever ou abaisser un interrupteur quelque part dans la ville, suivant ses humeurs et sans aucune logique. Il agissait d'ailleurs de même sur l'ensemble des données dont on avait besoin pour vivre chaque jour à Ran-Mositar. Toute tentative d'explication rationnelle sur les choses et le monde en ces jours d'après-guerre menait droit à la folie.

Au seuil de l'appartement, rangers boueux à la main, elle s'inquiéta d'une odeur de surchauffe.

Installée sous un abat-jour jaune paille, une serviette sur les épaules, sa fille ne l'entendit pas entrer. Irini n'aimait pas son habitude de se servir du lampadaire comme sèche-cheveux, en y vissant une ampoule de projecteur après avoir bricolé le disjoncteur avec du papier aluminium. Mais elle était si belle, si lumineuse, qu'avançant sur la pointe des pieds elle posa sans un reproche un baiser sur la fossette pâle qui creusait sa nuque.

Luria redressa lentement la tête, de ses doigts réunis ébouriffa ses cheveux aux reflets rouges et éteignit le lampadaire. La petite fenêtre de mica du poêle fit danser les deux silhouettes, puis une lampe de chevet redonna vie à la pièce basse.

– Il fait bon, il reste du mazout ? demanda Irini.

– Assez, oui.

– Tu étais agitée ce matin, tu t'es reposée ?

– Ça va.

Des pas dans le couloir du rez-de-chaussée ponctuèrent le silence.

– Je suis fatiguée, au chantier c'était dur.

– Demain tu pourras dormir, c'est dimanche.

Le silence encore, en écho complice de la banalité des échanges. Irini avança son bras par-dessus le dossier du canapé sur l'épaule de sa fille. Luria prit une cigarette, sa main tremblait, il suffisait d'un rien pour qu'elle s'effondre. Irini se fit plus légère.

Des enfants passèrent en courant devant la lucarne, un ballon rebondit contre la vitre, puis le dehors s'effaça à nouveau. Il fallait laisser filer l'instant gris où les chiens et les loups pactisaient pour mordre au moindre faux pas, ne pas s'interroger, laisser son corps flotter dans le chaos du samedi soir, taire ses blessures, ne pas hurler.

Insensiblement la tête d'Irini glissa sur le tissu à larges raies jaunes du canapé. Épuisée, elle s'endormit, corps à angle droit, pieds au sol. Luria détailla son visage las, le maquillage dilué, les cheveux défaits, les paupières lourdes.

Elle se leva, gonfla ses lèvres d'un « rouge tulipe » très gras, fixa ses mèches courtes avec une gomina épaisse. Ainsi arrachée à l'image de sa mère, elle respira plus calmement. Pourtant l'insupportable pointe de feu, juste au-dessous de son sein droit, poussait des coulées de lave le long de son ventre jusqu'au creux de l'aine. Elle fit rouler sous ses doigts un chapelet de ganglions.

Se concentrer sur la douleur, la suivre dans ses méandres, devancer ses flashes, ouvrir les écluses au lieu de faire barrage. Elle répéta ce credo de survie, yeux fixes, poings serrés, guettant les aiguilles du gros réveil chinois. Dans cinq minutes, à vingt heures exactement, elle déboucherait la bouteille de gin, pas avant. Elle s'octroya quelques instants de plus pour se donner l'illusion de maîtriser la situation et, à vingt heures trois, se versa dans un verre à moutarde une rasade d'alcool qu'elle vida d'un trait.

Contre-feu pour contenir le volcan, le gin explosa dans sa tête. Les verres qui suivraient au cours de la nuit repousseraient la douleur sous la braise et les hommes qui la tiendraient dans leurs bras humeraient sur sa peau une forte odeur de genièvre.

Irini se réveilla doucement. Les yeux mi-clos elle l'observa à son tour. Bouteille et verre entre les mains, irradiée de teintes flamboyantes, Luria officiait, prêtresse et pénitente, tentant l'impossible réunification de l'espérance et de la douleur.

Que sa fille lutte, qu'elle ne démissionne pas, qu'elle se maintienne dans le flot de la vie, même si elle devait détruire une moitié d'elle-même pour que l'autre survive. Personne ici ne pouvait se vanter d'être sorti indemne du conflit, hommes, femmes, chrétiens, musulmans, riches, pauvres, tous étaient en sursis, l'après-guerre lorgnait déjà du côté de la guerre d'après. Que la ligne de fracture traverse le cœur de la ville ou le corps de sa fille, c'était du même ordre, brouette et rasade d'alcool faisaient barrage au désespoir.

Au moment de se lever, elle distingua sur le mur d'en face, au milieu des taches d'humidité, des mains comme des crochets, immenses. Elle repoussa les images, vite remplacées par un tourbillon d'autres mains toutes aussi menaçantes, aussitôt recouvertes par celles du jeune homme au baladeur. Elle poussa un cri sec, une flèche d'une dureté incroyable capable de clouer au mur tous ses démons.

Luria sursauta, se retourna, verre à la main, pour essayer de deviner ce que fixait sa mère sur le mur. Elle vit le vieux papier beige décollé, se dit qu'il faudrait le recouvrir d'une peinture plus gaie puisqu'elles n'avaient pas les moyens de le changer, du vert pomme peut-être. Elle ne s'inquiéta pas, le samedi soir Irini pouvait passer de l'abattement à la rage la plus totale. Ces sursauts de vie, que sa mère criait avec tant de force et qui faisaient fermer sa porte à double tour au vieux type d'à côté, lui rappelaient la course effrénée des canards décapités d'un seul coup de hachette, les jours de festin au village. On lui avait expliqué – elle pleurait en essayant de les arrêter pour les prendre dans ses bras – qu'ils ne ressentaient plus rien et que c'était une histoire de nerfs. Mais elle savait déjà que la plus grande des souffrances était de continuer à avancer alors que le corps avait déjà fini de vivre.

Parée d'un imperméable mastic pincé à la taille et de chaussures bleu roi à semelles compensées, elle embrassa sa mère du bout des joues pour ne pas la marquer de son rouge tulipe. Elle saisit un minuscule sac à main par sa chaînette dorée, et sortit en tirant la porte derrière elle.

Sa nuit de Ran-Mositar commençait.

DEPUIS trois jours le chantier ressemblait à un champ de bataille après l'enlisement de l'infanterie. La pluie disputait la ville au brouillard. Le fleuve charriait des mottes d'herbes arrachées aux rives et grignotait l'entonnoir des fondations.

Irini renforça les bandes de tissu avec de la grosse ficelle qu'elle fit descendre jusque sous les semelles de ses rangers pour mieux accrocher la boue. Les deux sœurs enfilèrent par-dessus leurs bottes de larges chaussettes de laine, espérant mieux tenir sur la patinoire du chantier. Mais à la deuxième brouettée, Alouche glissa, heurta de l'épaule le bord de la passerelle où elle se retint de justesse. Les femmes décidèrent de ne pas signaler l'incident. Catrina accéléra la cadence pour remplir la brouette de sa sœur en même temps que la sienne et Irini doubla ses va-et-vient jusqu'au container. La blessée allait de l'une à l'autre, pelle à la main pour ne pas se faire remarquer. À midi pile, trempées de la tête aux pieds, elles filèrent se faire une place sous l'abri de tôle à l'entrée du chantier.

Les ouvriers se serraient sur les bancs comme des marionnettes de glaise avant un spectacle sur le déluge. Hommes, femmes, paysans, pêcheurs disparaissaient sous des imperméables déchirés, des cirés rapiécés, de mauvaises vestes de soldat et un invraisemblable assortiment de casquettes, capuches, bérets et foulards. Il y avait même un vieux tout voûté – on pouvait se demander comment il avait eu la place –, coiffé d'un casque à pointe sorti d'on ne savait quel passé et sur lequel son voisin se mit à tambouriner avec son couteau pour amuser l'assistance.

Un jeune gars entreprit d'allumer un feu de cagettes au seuil de l'abri pour réchauffer sa gamelle. Une fumée âcre remplaça le brouillard et secoua l'assistance de toux sèches. Des forts en gueule insultèrent l'apprenti cuisinier qui repoussa le foyer vers l'extérieur à coups de pied rageurs.

Les femmes partageaient une omelette froide et les sempiternelles figues sèches qu'Irini avait récupérées par cartons entiers chez son oncle. Catrina finit sa bouchée et lui glissa à travers la capuche de son imperméable :

– C'est pas les journaliers de l'autre jour, là-bas ?

La pluie se calmait et trois hommes s'activaient au-dehors pour rallumer les cagettes mouillées.

– Sont tenaces, en tout cas, rétorqua Irini.

Elle avait parlé fort. Le barbu d'à côté, engoncé dans un anorak en toile de camouflage et coiffé d'une casquette à oreillettes, se mêla à l'échange :

– Des racleurs de roche, ils ont peur de rien. Il lut l'étonnement sur leurs visages et compléta : Des gars du plateau des volcans, ils tracent des canaux dans la roche pour amener l'eau chaude des geysers jusqu'aux serres de légumes en contrebas dans les langues de terre de Fluda. Avant guerre ils entretenaient un réseau d'irrigation incroyable, des tranchées taillées à coups de pioche dans cette bon Dieu de pierre noire, avec tout un système de vannes pour distribuer la flotte à ceux qui voulaient la leur acheter.

D'un mouvement de tête, Irini fit glisser ses deux foulards. Cheveux blonds et yeux de lac clairs, l'homme se demanda ce qu'elle cherchait. Il se cala de trois quarts bien droit sur le banc et poursuivit, fier de son savoir :

– Ils utilisaient quand même quelques explosifs pour faire sauter les verrous qui résistaient à la pioche. La dynamite ils connaissaient. Pendant la guerre ils ont changé d'objectif, ça pétait de partout à cent kilomètres à la ronde, pas une mairie ou un transfo qui reste debout. Ils ont vite été repérés. Les chars sont allés les déloger et vider leurs canons dans la bouche des geysers pour détruire les réseaux souterrains. Ils ont tout perdu, alors ils s'engagent par équipe pour des travaux de force.

– Pourquoi ils n'ont pas de contrats à la semaine, eux ?

Déstabilisés par la question directe, le barbu rajusta sa casquette et s'essuya la bouche d'un revers de main. Irini insista :

– C'est des hommes de chez nous qui ont bombardé leurs canaux ?

Il se leva, mâchoire tendue, et s'adressa aux trois femmes d'un ton de colère :

– Ça veut rien dire : « de chez nous ». On est

tous d'un endroit bien précis qui n'est pas le même que celui d'un autre, et vous qui venez fouiner au chantier avec vos airs de pas y toucher, sans qu'on sache qui vous êtes, de quel chez nous vous êtes ? Ici, les femmes qui travaillent aux brouettes, c'est des veuves ou des garces, elles ont plus d'homme ou elles en cherchent un, alors si ces racleurs de roche vous chatouillent tellement, allez-y, mais foutez-moi la paix.

Irini s'apprêtait à l'envoyer balader, c'était quand même lui qui s'était mêlé de leur conversation, mais Catrina la retint. Il s'éloigna en maugréant. En quelques mots, Alouche, serrant son grand sac entre ses jambes, ironisa :

– On n'a pas de pays et en plus on n'a pas d'homme, on n'existe pas !

Sa sœur rajouta dans la même veine :

– Heureusement qu'on est peintes en jaune gadoue, sinon on serait transparentes.

Irini ne sourit pas. Elle pensait à Luria qui, pour ne pas disparaître justement, pactisait avec le diable et s'épuisait chaque nuit à faire mourir et renaître son corps entre les bras d'hommes de passage.

Elle s'en allait quand elle aperçut le jeune homme au baladeur qui s'approchait du feu de cagettes. Cette fois, son bonnet bleu, trempé comme une éponge, couvrait les écouteurs. Sans savoir ce qu'elle engageait, elle prit Catrina par la main et l'entraîna vers les journaliers. Ils faisaient bloc, les dépassaient d'au moins deux têtes, ils s'écartèrent pour qu'elles profitent du feu.

La voix tendue, Irini s'adressa au plus âgé, un colosse au menton épais et aux yeux doux, coiffé d'un sac de jute retourné en pointe. Elle désigna Alouche, recroquevillée sur le banc.

– Mon amie s'est blessée, si le jeune, là, veut la remplacer, il aura sa paye. Je ferai affaire avec le contremaître.

L'homme toisa cette femme en godasses de fantassin, qui disparaissait sous un assemblage de pantalons, tabliers et tissus, mais qui soutenait son regard. Il chercha ses mots, toussota, lâcha enfin :

– Tu veux quelqu'un de nous ou seulement lui ?

– Lui, dit-elle en désignant à nouveau le jeune homme, il sera plus à notre rythme.

L'homme acquiesça, il n'aurait pas voulu faire équipe avec des femmes devant les autres ouvriers. Ils se mirent à parler entre eux à toute vitesse dans un patois rocailleux qu'elle ne comprenait pas, sans un coup d'œil pour le jeune homme muet qui avait repris ses balancements. La réponse de l'homme au bonnet pointu fut précise :

– C'est d'accord. On l'appelle Djon, il vient d'encore plus haut que notre village, des forêts, il se rappelait pas son nom alors on lui en a trouvé un, pas vrai ?

Djon grimaça, les autres se tapèrent sur les cuisses.

– L'autre jour, un soldat de l'ONU lui a donné ces sangsues pour les oreilles, sergent John qu'il s'appelait, alors va pour Djon, et puis la musique dans l'appareil c'est de l'américain, du jazz. Il est pas du plateau des volcans mais...

– Je sais, l'interrompit maladroitement Irini, au chantier on vous appelle les racleurs de roches.

– Tu leur diras qu'on les emmerde, ces bouffeurs de vase, s'énerva un qui avait ficelé ses lunettes sans branches autour de la nuque, et toi si tu veux...

– Arrête ! ordonna l'autre, tu piges pas.

– Ce que je pige, c'est que si tu veux pas te faire bouffer, il faut pas tourner le dos à ces rats des plaines.

Avec ses lunettes qui lui agrandissaient les yeux et son nez de boxeur, il dégageait une force impressionnante. Le visage de Catrina vira au gris des nuages qui plombaient le ciel. Ses jambes tremblaient. Irini glissa son bras sous le sien. La guerre déclenchait la haine, ou peut-être c'était l'inverse, la haine ordinaire engendrait les guerres. Le pont piéton de Ran-Mositar avait emporté dans sa chute les dernières valeurs qui permettaient aux hommes et aux femmes de vivre ensemble, ils avançaient à reculons sans savoir s'ils devaient sortir le masque de l'agneau ou la pelisse du loup. Elle tendit la main au chef des racleurs de roches, qui claqua sa paume en retour. Affaire conclue, il prélèverait sa part sur le salaire de Djon. Le jeune homme offrit son sourire cassé aux femmes, et les suivit sans un mot.

Après la pause de midi, Joannis contrôlait si les ouvriers avaient bien repris leur poste de travail. Irini, le regard vrillé au sien, énonça les faits comme quelque chose d'acquis. Incrédule, il alla d'Alouche qui se tenait l'épaule, au grand escogriffe dont les larges mains battaient les cuisses.

Il avait une revanche à prendre sur ces femmes mais il entendit dans son dos la toux d'un journalier deux fois plus large que lui qui, là-bas près du feu, ne le lâchait pas des yeux. Il accepta l'échange après avoir posé furtivement sa main sur le bras d'Irini pour la pincer de toutes ses forces. Elle ne sentit pas la douleur, seul le jeune homme qu'elle entraînait sur une voie dont elle ne connaissait pas l'issue l'intéressait. Sa vie avec Luria allait basculer, c'était la seule chose qui comptait.

Elle montra rapidement le travail à Djon et s'en alla respirer de grandes goulées d'air. Elle s'accroupit au bord de l'eau et se pencha à la limite du déséquilibre. Les remous du fleuve lui renvoyèrent un visage morcelé à l'extrême.

UNE frange de brume gommait la côte. De Lurdj n'émergeaient que la flèche tronquée d'une église et quelques villas crayeuses accrochées aux collines. Schwara se retourna et s'éloigna du bastingage.

Des femmes de pêcheurs somnolaient comme de grands cormorans sur le pont haut du ferry, châles noirs sur la tête. Après avoir poussé leurs carrioles de poissons à travers la ville, elles rentraient à Birinia en fin d'après-midi, affalées entre leurs paniers et leurs cuvettes vides. Il slaloma entre les corps et descendit au bar de la salle couverte, pleine à craquer.

Un homme à grosse moustache lui servit un café turc dans un verre épais. Il lui fallut quelques minutes, au milieu de la fumée et du brouhaha, pour comprendre que les buveurs de bière du comptoir allaient en vacances thalasso sur le chapelet de rochers volcaniques qui prolongeaient la pointe nord de Birinia. Un tour operator grec avait, en quelques mois, réaménagé l'hôtel et les bungalows des thermes de Tarina, ses bains de vapeur et sa piscine d'eau chaude en plein air.

Dans le Sud, des femmes orphelines survivaient dans des cabanes de pêcheur, pendant que, plus haut dans l'île, Allemands, Italiens et Français se faisaient tartiner de boue jaune entre deux tourbillons d'eau sulfureuse pour traiter leur cellulite. Avant de se plier à la règle des basses calories, ils descendaient leurs derniers bocks, se félicitant à grandes tapes dans le dos de leur semaine cinq étoiles qui ne leur avait coûté qu'une poignée de dollars. Deux Français, verre à hauteur de bedaine, reprenaient à leur compte les ragots sur les femmes de Birinia employées aux thermes.

– Y a pénurie d'hommes sur l'île, tu vois ce que je veux dire !

– Ouais, je suis venu seul, tu peux me faire confiance, rétorqua l'autre.

– Imagine, à poil dans la boue, ça me rend dingue.

Schwara s'éloigna comme s'il n'avait pas compris l'échange et rejoignit la plate-forme de proue pour finir son café. Il s'adossa à la cheminée d'une bouche d'aération rouge vif. Les châles des femmes battaient sous le vent du large comme des ailes noires. Derrière les vitres embuées du bar, les hommes fêtaient leur bonne fortune. Deux mondes sur les mêmes eaux, vers les mêmes terres, l'un la tête en deuil, l'autre le ventre en joie.

L'homme qui posa sa main sur l'épaule de Schwara était grand. Ses cheveux foncés et bouclés l'autorisaient sans doute à ce geste doublé d'un tutoiement.

– Avec du fric on peut tout acheter, même les femmes de l'île, c'est ce que tu penses ?

Sans bouger d'un pouce, Schwara laissa tomber quelques mots pour se débarrasser de l'intrus :

– Il doit bien rester quelques hommes jeunes sur l'île, ils n'ont pas tous été éliminés.

– Les femmes t'intéressent pas ?

Il ne répondit pas. Le ferry avait pris son allure de croisière, ses flancs brassaient des paquets d'embruns.

– Reste pas là, tu vas être trempé. Je m'appelle Korcha.

Il entraîna Schwara à l'abri d'une cloison de tôle qui battait au rythme des moteurs, éleva la voix :

– J'accompagne le groupe, je suis cuisinier, les thermes m'ont embauché pour six mois.

Il coupait ses phrases de petits rires secs, on aurait dit qu'il aboyait. Schwara comprit.

– Le renard, c'est ça ! T'es natif du côté de chez moi, *korcha,* c'est un mot des forêts.

– Exact, depuis que je suis petit on m'appelle comme ça, le renard. Et toi ?

– Schwara.

– Jamais entendu ce nom, t'es pas du Nord, alors ?

– C'est une longue histoire.

Son ton voulait mettre fin à la conversation, mais Korcha n'en avait pas fini.

– Tu vas chercher du boulot sur l'île ? Les gars comme toi, c'est le bois, t'as des mains de charpentier. Aux thermes ils restaurent façon nordique, si tu veux j'en parle au chef de groupe.

Pour s'en débarrasser Schwara en dit un peu plus.

– Non, c'est quelqu'un que je cherche sur l'île.

– T'aimes les garçons ?

Il éclata d'un rire nerveux et se retourna à l'entrée du bar en lui lançant un regard entendu. Schwara ne s'en inquiéta pas, les renards s'appelaient aussi chez lui des puants. Korcha était un menteur, son accent était celui des racleurs de roches de Fluda, pas celui d'un forestier des Londes. Les grands types avec des mèches brunes n'étaient pas forcément des frères.

Des Allemands s'éjectèrent du salon, sérieusement allumés. Se tenant par les épaules, ils poussèrent leur chenille le long du pont, tournant autour des chaloupes de sauvetage et des bouches d'aération. Ils hésitèrent devant l'escalier puis, les uns poussant les autres, envahirent en beuglant le pont supérieur. Les femmes ramenèrent leurs jambes sous leurs jupes mais ne se levèrent pas, quelques-unes crachèrent au sol. Les fêtards ne voyaient que le dos de leur voisin. L'un d'eux tira pour rire le foulard d'une fille de l'île et le fit tournoyer au-dessus de sa tête. Quand il le lui rendit, il regarda vraiment son visage. Traversé d'une oreille à la commissure des lèvres par une profonde cicatrice, il hurlait un cri sans fin. Les troupes régulières avaient parfois laissé la vie sauve aux femmes violées, les marquant du sourire de Dieu. L'homme resta un instant pétrifié. La femme renoua son foulard sous le menton, ses yeux bleus, irréels dans cet écrin d'ombre, étaient secs. Deux Français qui, du seuil de la salle du bar, n'avaient vu que le profil doux de la jeune femme sifflèrent en se poussant du coude.

– Canon, dirent-ils, enthousiastes.

– Des comme ça aux thermes, j'en veux, ajouta son compère.

Schwara ne dit rien. Ils étaient là pour s'amuser, ils venaient d'ailleurs, ils trouvaient les étrangères belles, il ne s'était rien passé de grave. Le pays avait plus de deux visages, lui le savait. Dans une heure on accosterait à Birinia.

Il retourna sur le pont supérieur. La mer était parsemée d'îlots rocheux, coiffés de fumerolles, des geysers sous-marins fusaient à la surface de l'eau. De très loin lui parvint un improbable son de cloche, il n'y avait pas d'églises à Birinia. Un visage blessé flottait entre le ciel et la mer, tantôt celui de la fille de pêcheur, tantôt celui d'un jeune homme en fuite, aussi inaccessible que la musique des carillons qui doublait le chant des baleines.

À PERTE de vue, le bord de mer n'était qu'un chaos de roches déchiquetées. La paroi grise de sa tanière se mit à vibrer, puis vinrent les soupirs de dragon, un halètement rauque, mouillé, plaintif. Schwara connaissait la suite. Dans trois ou quatre minutes, un jet de vapeur percerait la boue jaune qui ouvrait le sol à quelques mètres de là, puis le sifflement s'éteindrait de lui-même et le bruit du ressac rythmerait à nouveau le silence de la plage. Tous les quarts d'heure, le ventre de l'île rotait un surplus de vapeur soufrée, chauffant les parois de la cavité où il s'abritait depuis une semaine.

Il s'étira, le dos cassé. Il n'aimait pas somnoler en plein jour. Il ôta ses vêtements et se glissa jusqu'aux épaules dans un trou d'eau chaude aussi large qu'une bassine. Dès que sa peau commença à virer au rose, il jaillit du bain et, dans un cri à fendre les falaises, se jeta à la mer, droit devant, face aux vagues, coiffé d'écume. Il attendit qu'une main de glace fouille son ventre pour faire demi-tour. Il reprit son souffle, allongé sur un rocher, dos et fesses au ciel comme les pêcheurs suppliciés de Birinia que la mer rejetait de temps à autre, puis se glissa à nouveau dans l'eau chaude. Mains en conque, il hurla des mots inaudibles.

Il se rhabilla, cacha sa couverture et sa sacoche à outils dans un recoin de la voûte et s'en alla le long de la côte, vers les baraques.

Le raz de marée des avions de chasse avait haché menu les maisons, les commerces, les hangars du village de pêcheurs. Sur la jetée défoncée, seules des tiges de fer à béton rappelaient l'emplacement du phare. Les rescapés survivaient dans des cahutes de planches et de tôles.

Mais depuis peu, une frénésie de couleurs s'était emparée des villageoises. Un porte-conteneurs s'était éventré à la pointe de l'île et, à chaque marée, la mer ramenait sur la côte des chapelets de pots de peinture. Sur le fond des falaises de granit sombre les cabanes se couvraient de teintes pastel, le moindre abri prenait des airs de guinguette. On ravaudait les habits de Pierrot faute de pouvoir reconstruire la scène.

Il se joignait parfois à celles qui se donnaient l'illusion de repeindre le monde. Il avait taillé court dans ses cheveux avec son couteau et les épis bruns disparaissaient sous son bonnet au bord retourné. On commençait à le connaître, il ne cachait pas son nom. Schwara, ça charriait des senteurs exotiques et ce marin perdu savait parler le dialecte de Birinia.

Il prit le temps d'assembler quatre pinceaux – du tissu en charpie serré au bout d'un manche taillé dans du bois flotté – avant d'aller offrir ses services à une femme qui, avec ses deux enfants, finissait de couvrir de bleu lavande les murs d'une cabane tout en longueur, à l'abri des ruines du môle. Dans les yeux noirs de la femme, qui ne cillaient pas, il sentit cette fois comme un reproche. Son corps était trop lourd, trop vivant, trop homme. Il alla du côté des garçons, leur glissa quelques conseils en montrant le geste :

– Si tu commences par le haut, la peinture va couler et, même si tu repeins par-dessus, on verra les coulures.

L'aîné le regarda faire.

– Comment tu sais ça ?

– Je l'ai déjà fait, c'est tout, essaye, pars du bas.

Le garçon s'accroupit, trempa son pinceau jusqu'au fond du pot et se mit à peindre les planches à sa hauteur. Schwara le regarda avec un sourire en coin.

– T'en mets partout, mais c'est pas grave.

– On s'en fiche, hein ?

– T'as raison, c'est pas la matière première qui manque.

La mère attaquait le toit, jambes tendues dans sa jupe noire, en équilibre sur deux parpaings. Il voulut l'aider mais son regard glacial l'arrêta. Plus tard, peut-être. Le plus jeune cassa le silence :

– T'as repeint ta cabane, toi ? Tu dors où ?

Schwara redit ce qu'il avançait quand on lui posait cette question :

– Un peu plus loin, près des sources chaudes.

Et devant l'air étonné du garçon, il ajouta pour plaisanter :

– La villa avec deux étages et la piscine sur le toit, tu te penches, tu la vois.

La réponse arriva immédiate, sèche, sans humour :

– T'es un menteur ! T'es peut-être pas un marin, non plus.

Il tenta de s'excuser :

– C'était pour rire, comme quand on s'amuse.

– Je joue pas, répondit l'enfant en levant vers lui son visage grave, je peins la maison de ma mère.

Et il ajouta aussitôt :

– T'étais où quand ils ont bombardé l'île ? Moi je dormais, mon père est sorti sur le quai...

– Laisse, intervint son frère, tu vois bien qu'il est pas d'ici.

– Justement, rétorqua l'autre sans se démonter, c'est des étrangers qui ont tué papa, pas ceux d'ici, il sait peut-être quelque chose. T'étais où ?

Schwara serra bêtement son pinceau entre ses doigts. Avec les adultes il pouvait se justifier, biaiser, là, il ne savait plus.

La mère poursuivait sa tâche comme si plus de peinture allait faire pousser des tuiles sur le toit. Il s'assit par terre entre les deux frères, et raconta doucement :

– Parfois je suis marin, parfois je fais le bûcheron. Je sais construire des coques pour les bateaux mais aussi suivre les traces d'animaux dans les bois. Je peux passer des heures à traquer un lièvre, je ne lâche jamais, je finis par trouver. Quand ils ont bombardé Birinia j'étais dans la forêt avec un homme jeune, entre vous et moi, pour l'âge, si vous voulez.

Il posa son pinceau bleu en travers du pot et poursuivit son récit, enjolivant l'histoire qu'il semblait tirer d'un livre :

– Il était venu frapper à la porte de la scierie, il neigeait dehors, de gros flocons en plumes d'oie qui, en moins d'une heure, effacent les chemins. Il s'était perdu, il avait laissé sa veste dans les fourrés pour se dégager des épines, il grelottait. On ne laisse pas mourir de froid un inconnu, même en pleine guerre. J'ai compris trop tard ce qu'il voulait. Il se séchait au poêle à sciure quand il a sorti un pistolet de sous son pull et l'a braqué sur moi. C'était un militaire de Lurdj qui avait enfilé les habits d'un civil détroussé dans les bois pour rejoindre sa section.

– Il a tiré sur toi ? ne put s'empêcher de demander le plus jeune, effrayé.

– Pas eu le temps. Je me suis jeté sur lui, deux coups sont partis, un lui a labouré le visage, l'autre, je crois, lui a touché le ventre. Dans la bagarre le poêle est tombé, le temps que j'éteigne les flammes, il s'était sauvé. Je l'ai cherché, on n'y voyait rien, la neige effaçait tout.

– Il est allé où ?

– Sais pas. Jamais retrouvé, même pas son corps au printemps. Il a dû se cacher, se soigner, va savoir.

– Chez nous aussi, des fois, il y a des gars qui traînent, mais ils restent pas longtemps.

– Tais-toi, dit l'aîné, tu sais pas ce que tu dis.

Schwara redressa la tête, fit semblant de ne pas avoir entendu, mais ses doigts se nouaient et se dénouaient.

– Peut-être, dans les hommes qui passent, vous avez vu un jeune comme lui, dit-il d'une voix hésitante, un brun, mince, cheveux en bataille, avec une drôle de barbichette sous le menton.

Il sentit une présence, derrière lui la mère écoutait.

– Vous venez d'où, Schwara ?

– Je vais de ville en ville, là où il y a du boulot.

– Y a rien ici, vous le savez bien.

– Une halte, après je repars.

– Les marins ont pas des mains comme les vôtres, vous êtes des forêts de la presqu'île, vous cherchez quelqu'un.

Un constat, plus que des questions. Elle se tenait droite, minérale, regard vrillé au sien. Un rocher de l'île. Le soleil voilé bascula derrière une barre de nuages noirs, le bleu vira au cobalt, les couleurs s'éteignirent, rendant le gris à ce bout de terre triste. La femme fit demi-tour, emmenant ses enfants à sa suite dans la cabane, sans un mot.

Il resta quelques instants assis près du pot de peinture, désemparé, puis plaça les deux pinceaux qui lui restaient bien en vue. Cadeau pour les enfants. Il aurait pu leur dire d'autres histoires que celles de la guerre, le bonheur des sous-bois des Londes quand il guettait le brame des chevreuils et que l'éclair caramel d'une femelle déboulait d'un taillis, ou leur apprendre à faire des moulins pour les marées.

Derrière la cloison, un des frères souffla quatre ou cinq notes de musique dans un harmonica sauvé de la débâcle. Parfois les fils survivaient à leur père, parfois c'étaient les pères qui perdaient leurs fils, mais c'était la même douleur d'une seule chair arrachée à la vie.

Il s'éloigna sous les dernières lueurs du jour, s'arrêta devant une cabane jaune vif entourée d'un enclos à poules. Il se nourrissait d'œufs mollets, il suffisait de les plonger dans le creux d'eau chaude des rochers. Ça aussi il l'aurait appris aux enfants. Il acheta six œufs et repartit dans la nuit pour sa villa à deux étages avec piscine sur le toit.

L'eau des geysers contre la paroi de la cavité tiédissait l'air. Schwara alluma un feu de branchages pour le seul plaisir de voir la voûte s'animer. Au-dehors, la nuit était totale. Il compta. Il avait quitté la forêt des Londes un soir de pleine lune, donc depuis quatorze jours exactement. On devait être le deuxième jeudi d'avril, il ne se trompait jamais, il avait appris par cœur le calendrier des lunes pour abattre les arbres avant que la sève ne reflue.

Il jeta dans le feu une planche décolorée par la mer, qui gardait entre ses fibres des poches de goudron. Des étincelles fusèrent en désordre pendant que, dans son dos, la roche grise vibrait en symbiose avec la poussée rythmée du geyser. La nature pouvait être fantasque ou suivre des cycles, elle n'était guère plus fiable que les humains. Les guerres tenaient des deux, revenant avec régularité ou éclatant par hasard. La fatigue le gagnait, il s'étira. Il n'attendait rien de précis, et pourtant il avait tout mis en place pour qu'on le remarque de loin. On ne pouvait ignorer le feu qui brûlait dans sa caverne de naufrageur.

IL se réveilla en sursaut, il avait dû s'endormir quelques minutes, peut-être plus. Il sentit tout de suite qu'il n'était plus seul. Pourtant autour de lui rien n'avait bougé, le bois se consumait en fumant doucement. Le silence s'était alourdi, l'air ne circulait pas comme avant, dans son dos la roche ne vibrait plus et le reflux de la source chaude se faisait attendre. Il patienta une demi-heure, la source se taisait, il ne crut pas un instant à un caprice du sous-sol, quelqu'un avait détourné le réseau des geysers pendant son sommeil.

Il se déplia lentement. Ne pas montrer qu'il savait. Reprendre sa sacoche avec ses papiers, son couteau, faire semblant de s'intéresser aux crabes qui sortaient des recoins, donner le change. Il buta sur une dernière branche, réactiva le feu, se risqua au-dehors dans l'espace de lumière que la voûte renvoyait au sol. Le bassin de pierre était vide, et un ridicule filet jaune sourdait de la fente soufrée.

Il n'eut pas le temps d'amorcer un repli, une silhouette noire glissa le long de la paroi de la cavité pour couper sa retraite. La voix rauque d'une femme, appuyée par l'éclair du canon d'un fusil, lui ordonna de reculer jusqu'au foyer. Il ne ressentit aucune peur. Il comprit pourquoi il avait allumé le feu, si on avait su le trouver, peut-être qu'un jour, à son tour, il trouverait. Il alla s'asseoir au centre de la grotte et attendit. Sous ses doigts, au fond de sa poche, son couteau inutile. Les mots feraient la différence, pas la force. Le fusil toujours pointé vers lui, l'inconnue dit tout de suite la vérité de l'île :

– Il n'y a plus d'hommes à Birinia depuis le 16 août. Ceux qui y viennent aujourd'hui sont des charognards ou des rabatteurs.

Elle se tenait debout, à la limite de l'ombre, il n'arrivait pas à distinguer son visage. Des tabliers à fleurs et une robe sur des pantalons flottants gommaient ses formes. Pas de regard, pas d'âge, une voix cassée par les tempêtes.

Comme pour le drame du *Koring,* il savait. L'été dernier, par une nuit étoilée de la mi-août, deux vagues successives de bombardiers avaient rasé les villages de pêcheurs de Birinia et de Vulkar. À l'aube, des commandos de la marine nationaliste avaient achevé le travail, nettoyant les ruines et se repliant avec ce que l'île comptait d'hommes étiquetés terroristes, c'est-à-dire tous. Ils les avaient jetés par-dessus bord avant d'atteindre le continent.

La femme se rapprocha du cercle de lumière, s'adossa de trois quarts à la voûte. Son foulard glissa vers l'arrière, dégageant des cheveux courts et noirs. Il chercha ses mots pour se donner le temps de trier les images qui se bousculaient dans sa tête.

– Je ne suis ni l'un ni l'autre, je donne un coup de main, c'est tout, et il ajouta une banalité pour traîner encore : La peinture, les couleurs, ça redonne vie au village.

Il avait déjà croisé ce visage froissé. Comme pour lui donner raison, elle le tutoya :

– Dans moins d'une heure, les femmes du village seront là, avec des hachoirs de poissonnier, elles ne te feront pas de cadeau, surtout Livia.

Il ne comprit pas.

– Livia ?

– Celle que tu as aidée aujourd'hui. Tu tournes autour de ses fils, elle te tuera. Pourquoi t'es venu ?

En un éclair, le son de sa voix dans la nuit de Lurdj lui revint. « Tchac », avait-elle fait en mimant de la main comment on tranchait les thons et les hommes. Il lui restait peu de temps pour comprendre qui des deux était venu provoquer l'autre.

– Baisse ton fusil, s'il te plaît. Les enfants sont beaux, vivants, c'est tout, qu'est-ce qu'elle croit, cette Livia ?

– Elle croit plus rien. Tu es du nord de la presqu'île, c'est assez pour la haine.

Elle posa son fusil contre la roche, une arme pour les sangliers.

Il la tutoya à son tour :

– Lurdj, c'est fini pour toi ?

– Pourquoi Lurdj ? C'est ma vie qui est finie.

Il essaya une ouverture :

– Tu cherchais quelqu'un sur les quais, là-bas.

– Tu t'en souviens ?

Sa voix se maintenait dans les basses, sans émotion. Silence. Il reprit :

– Tu cherchais quelqu'un, tu dormais sur le sol, le reste s'est effacé de ma mémoire.

– Si la vérité te fait peur, tu ne trouveras jamais.

– Qu'est-ce que tu veux dire ?

– Je m'appelle Riafadi, femme de pêcheur, la veuve de la cabane en tôle verte, après le môle, mais à Lurdj, tu le sais bien, je suis une fille à matelots, une pute si tu préfères que ce soit moi qui le dise, qu'on peut acheter avec des dollars. Si je ne mets pas les mots sur ce que je fais, il me reste quoi ?

– Tu as toujours de l'espoir pour ton homme ?

Elle mit du temps à répondre.

– Ce que tu veux savoir, c'est jusqu'où je peux aller dans l'innommable pour retrouver quelqu'un, et surtout si tu en seras capable.

– Oui, c'est peut-être pour ça que je suis à Birinia.

Elle alla près du feu, s'accroupit, plongea la main sous ses tabliers. Il ne broncha pas.

– Dès qu'on m'a dit qu'un faux marin rôdait sur l'île, j'ai su que c'était toi.

Elle avança le bras par-dessus les braises, tenant dans l'écrin de sa paume la petite sirène joufflue qu'il avait sculptée.

– Je l'ai trouvée à mon réveil, j'ai juste effacé le mot, la vie n'est pas illisible, elle est trop réelle.

– Réelle ! Qu'est-ce que tu as appris de très lisible en allant sur les quais ?

– Regarde, dit-elle en sortant un papier cent fois plié et déplié, ils sont là, les quatre assassins qui étaient sur la barge avec Giurgeo. Leurs noms, leurs unités, leurs adresses.

– Ton mari ?

– Oui, même s'ils payent les hommes se confient, je sais tout sur eux, je ne les lâcherai plus.

Elle agitait son papier comme un trophée. Schwara n'acceptait pas l'évidence, résistait, repoussait le sordide.

– Comment tu peux approcher les bourreaux de ton mari, à les toucher ?

– Tu ne comprends pas, mon corps a sombré le 16 août avec celui de Giurgeo, l'autre, l'enveloppe, ce n'est plus rien. Les quatre porcs de ma liste, ils se réunissent en fin de semaine dans un bar nationaliste des docks. Samedi, dans deux jours, j'irai au-devant d'eux, sourire aux lèvres et ceinturée d'explosifs, voilà pour la suite. La fin. Je suis à Giurgeo, à personne d'autre.

Elle poussa un drôle de râle, saccadé, glacial, puis s'arrêta net.

– Pars ! Elles vont arriver, elles croient que tu aimes les garçons, depuis que leur père est mort jamais personne n'avait regardé les enfants comme toi. Je devais t'arrêter, j'ai modifié le débit des geysers pour t'avertir, dès qu'on est gosse on apprend à faire ça dans l'île. Pars !

Elle se leva, regarda intensément Schwara, demanda :

– Je te comprends pas, tu cours après quelqu'un ou tu fuis ?

– Je ne sais pas le dire, quand je crie c'est seul dans la nuit ou vers l'océan, je ne brûle pas comme toi.

Elle hurla :

– Tu fais fausse route, à brouiller les pistes, à te préserver des autres, tu ne trouveras pas, tu as beau couper les mèches de tes cheveux, ton passé reste collé à ton bonnet. Dans ce pays, celui qui n'agit pas meurt deux fois.

– Quand j'arriverai à prononcer le nom de celui que je cherche, dit-il doucement, je saurai que je suis arrivé.

– Tu ne vas pas jusqu'au bout.

– Tu vas trop loin, tu nies ta vie.

Ils se toisaient par-dessus le rougeoiement du foyer, chargés de blessures, incapables de s'écouter. Il se baissa, saisit la carabine. Elle le laissa faire, il la jeta au loin. Elle avança le bras au-dessus du foyer, écarta les doigts, la petite sirène tomba dans les braises. Ils pensèrent chacun à faire un pas vers l'autre, mais rien ne se passa.

Il chargea sa sacoche à l'épaule et disparut dans la nuit. Le long des rochers, les femmes de pêcheurs s'avançaient, tenant haut leurs lanternes, leurs tranchoirs cachés dans les plis de leurs robes de deuil.

Les premiers flocons de neige le firent sourire. Dans son village on disait : « Blanc d'avril tire le drap sur l'hiver. » Quand le jour s'installerait, les averses seraient de pluie.

Schwara se déplaçait tôt le matin, marchait trois bonnes heures vers le nord en suivant la côte, puis se tenait dans une cache jusqu'au lendemain. Le premier jour il avait repéré des lumières dans le lointain, entendu la voix des femmes, elles devaient fouiller le moindre recoin de l'île, les cavités, les anfractuosités, puis elles avaient dû perdre sa trace. Et toujours l'eau sulfureuse suintait, perçait la roche, bouillonnait, jaillissait en geysers coiffés de fumerolles âcres.

Il ralentit sa marche, il était mal chaussé. Le spectacle était totalement insolite, la neige transformait la peau de dragon des roches en pelisse de phoque, comblait les trous et les crevasses. Puis le bord de mer ne fut plus qu'un tapis blanc mité de vapeurs chaudes.

Il glissa deux fois, trois fois, inutile de se blesser, il lui fallait trouver un abri en attendant la fin des giboulées. Sur sa gauche, sous la poussée des marées d'équinoxe, l'éperon de la falaise s'était effrité. D'énormes rochers s'épaulaient comme de gros éléphants blancs figés dans un combat de chefs. Le gigantesque éboulis cachait un chapelet de marmites où tournoyait en cascade un courant d'eau tiède aussi large que le bras. Schwara se dévêtit et se plongea dans le plus grand des entonnoirs. Il disparut de longues secondes avant d'émerger, haletant, les yeux rougis. Accoudé au rebord de la dernière des dolines protégées par le surplomb de roche, il reprit son souffle. Des flocons picotaient son visage, le rideau de neige bouchait l'horizon, absorbant les grondements de l'océan. Dans son dos l'eau rebondissait contre les parois, massait ses muscles endoloris par sa nuit sur un lit de varech. Il ferma les yeux. Ne plus bouger, laisser filer le visage insaisissable du grand gosse à barbichette.

Cinq jours qu'il remontait la côte vers les thermes de Tarina, pour prendre le ferry qui le ramènerait sur le continent sans repasser par le village des femmes de pêcheurs. Dans le bas quartier de Lurdj, le bar des nationalistes avait dû sauter, projetant les cendres de Riafadi au paradis de la petite sirène. La femme devait partager la paix retrouvée avec son Giurgeo. Il aurait aimé lui dire que même si c'était plus de deux fois que mourait celui qui n'agissait pas, comme elle l'avait dit, l'inquiétude et le remords qui reliaient ses instants d'hésitation étaient pour lui de la vie. Il n'y avait rien d'autre à comprendre. Un de ses amis appelait « mystère » ce paradoxe, mais Schwara n'aimait pas qu'on s'évertue à nommer ce qui n'avait pas de sens. La neige baignait le jour d'une lueur mauve. Il s'endormit droit dans la doline, les fesses et les genoux repliés tenus par la paroi, comme parfois on enterre les morts.

LE toit des bungalows affleurait à peine des roches grises. On ne repérait les thermes qu'après avoir contourné la pointe écrêtée du dernier îlot. Schwara se laissa choir sur un tas d'algues brunes, des laminaires poussées par le vent d'est, qu'une armada d'employés s'évertuaient chaque nuit à chasser du littoral. Elles s'infiltraient jusque dans les réseaux souterrains et, par temps de tempête, les robinets des thermes vomissaient de gigantesques lombrics tièdes et gluants.

Des odeurs de cuisine le mirent en alerte. Il longea trois bungalows, contourna les panneaux vitrés qui protégeaient la piscine de plein air et se dirigea vers le bâtiment central. Des maçons s'activaient autour d'une bétonnière accolée au restaurant où des touristes finissaient leur petit déjeuner.

Il roula son manteau sous le bras, remit de l'ordre dans ses cheveux et s'attabla à l'écart après avoir fait le plein au buffet, confiture, croissants, saucisses et café. Depuis une semaine il se nourrissait d'œufs d'hirondelles de mer. Personne ne s'intéressa à ce touriste solitaire arrivé par le dernier ferry. Quand on le salua, il répondit en français et replongea la tête dans son bol.

Il sortit avec le dernier groupe en peignoir de bain mauve. Après trois ans de tempêtes d'équinoxe, la station thermale se refaisait une beauté. Un maçon perché sur un échafaudage ajustait un coffrage à grands coups de marteau. Une femme un peu grasse lui sourit, tête penchée comme on s'étonne devant un animal de zoo, resserra son peignoir autour de sa poitrine et continua son chemin entre pelles et brouettes.

Pour prendre possession de ce qu'il venait d'acheter, le promoteur d'Athènes, un certain Pidopoulos connu pour ses Mercedes décapotables, avait débarqué à Tarina avec un commando d'agents de sécurité grecs. Les pillards s'attaquaient déjà aux lavabos et aux baignoires après avoir emporté la literie et le matériel de cuisine. Il avait quand même dû accepter de verser un « impôt de reconstruction locale » aux nationalistes venus du continent, pour que le calme revienne. À présent, les vacanciers pataugeaient en toute liberté dans la boue, sous le regard blasé des femmes de service pompeusement baptisées « agents de santé ».

Repu et sonné de fatigue, Schwara tourna entre les bungalows, s'éloigna de la piscine d'eau chaude où des bonnets roses et bleus flottaient comme des méduses pastel sur fond de fumerolles blanchâtres. Il s'installa dans une guérite à l'abandon, et, enroulé sur lui-même, sombra dans l'immobilité d'un sommeil de coquillage.

La curiste qui sortait des thermes en courant, nue et entortillée d'écharpes de vapeur, se croyant seule, s'amusa dans l'air frais à tourner sur elle-même. Elle reprit son souffle, appuyée à la vieille guérite mangée de mousse, poussa de petits cris de plaisir dans le paysage froid et lunaire, s'accroupit pour pisser, frissonna et repartit. Blotti dans son long manteau, les yeux mi-clos, Schwara la regarda s'éloigner.

Une musique moulinée s'échappait de la salle de soins tamisée de lumière bleue. Derrière la buée des vitres, des silhouettes de boue s'étiraient lourdement, se déformaient, se morcelaient, comme si les danseurs d'un ballet déréglé couraient après un tempo trop rapide. Gnomes et bossus faisaient la ronde, des boiteux s'accouplaient à des lutins, des hyènes et des vautours se disputaient des entrailles. La femme nue entra dans la sarabande grimaçante qui l'avala aussitôt, Schwara se redressa, cou tendu, hébété.

Des bras s'agitaient, appelaient, des flammes couraient aux quatre coins de la scierie, des lames de feu au manche de sang léchaient les cloisons, le toit. L'explosion des vitres rejeta le corps du guérillero qui continua ses soubresauts de feu follet dans la clairière. Schwara s'élança une couverture à la main, accrocha un tas de bois, se releva. Il n'entendait pas les soldats crier, il courait de toutes ses forces vers le jeune homme qui disparaissait sous le couvert des sapins. Il ne s'en tirerait pas comme ça, ils étaient en compte tous les deux.

La pression sur son épaule le fit sursauter, il étouffa un cri.

– Tu rêves et tu fais la chouette, charpentier ?

Korcha, l'homme du ferry qu'il n'avait pas entendu s'approcher, retira sa main.

– Le renard ! laissa-t-il fuser en se raclant la gorge, sèche comme à la sortie d'un cauchemar.

– Bravo, t'as bonne mémoire, tu t'es fait déposer en bateau ?

Un vague grognement en réponse.

– T'es peut-être venu à pied par le littoral, tu dois en être capable. Ça te regarde après tout, mais t'as pas besoin de te cacher pour mater, y a mieux, je te montrerai les caméras, tout le monde se promène à poil ici, ils se croient à Ibiza ! Approche-toi, ils sont pas ridicules ? C'est les Français les plus nuls pour la bouffe, ils râlent aux cuisines avec leurs femmes, question diététique, et dès qu'elles filent se faire masser ils se retrouvent entre célibataires pour écluser des bières. Les Allemandes, elles ne pensent qu'à se faire sauter par les Grecs. Si tu cherches de jeunes pâtres, tu pourras t'accrocher, mon gars, ils sont tous retenus.

Et comme de juste, il aboya.

Schwara se tourna à nouveau fasciné par la danse lourde des curistes face aux jets d'eau, coléoptères pataauds se débarrassant de leur carapace de boue. Korcha lui dit que la glaise ocre venait à grands frais des bords de la Vitoul, le fleuve qui traversait la ville martyre de Ran-Mositar. Elle était de bonne qualité mais on y trouvait parfois des morceaux d'os et de chair et il fallait la filtrer avant d'en faire des emplâtres. Chrétiens et musulmans s'étaient étripés le long des rives du vieux pont piéton et tous les cadavres n'étaient pas partis au fil de l'eau. C'était une de ses connaissances qui s'occupait des chargements de boue.

Il l'entraîna par le bras vers le bar du hammam refait à grand renfort de frisettes à odeur de vernis. Attablés aux tables de bois importées d'Athènes, les curistes en peignoir mauve sirotaient des tisanes d'algues et de miel. Dos au mur, Schwara ressentait les vibrations familières de la roche, une mystérieuse hélice poussait l'île à la dérive entre deux mondes, les cabanes où survivaient les femmes de pêcheurs, les thermes de Tarina où le temps minaudait entre vapeurs et infusions.

Korcha saluait les hommes, serrait longuement les mains des femmes, lançait des coups de coude complices. Engoncé dans son manteau de route, Schwara le suivait sans écouter ses mots de cuisinier vantard. Korcha était de la race des mercenaires prêts à tout pour se faire de l'argent sur le dos des faibles. Il avait dû croiser tous les paumés de la guerre et de l'après-guerre, les sans-abri, les sans-mémoire. Peut-être un soir, autour d'un feu où on battait les cartes, il avait aperçu un homme à la joue gauche mangée d'une sale brûlure, un jeune aux yeux de fièvre prêt à tout miser sur le valet de pique et capable de se fendre d'un sourire d'ange en sortant un Beretta de sa ceinture.

– Alors, t'en dis quoi ?

Silence de Schwara qui n'avait rien entendu. Korcha répéta :

– Tu le veux ce boulot ou pas ? Je peux pas t'assurer un contrat ou du fric, mais tu passes à la cuisine quand tu veux et je te trouve un coin plus confortable pour la nuit, ça te va ?

Schwara dit « oui », faiblement, il devait redoubler de vigilance, Korcha l'avait certainement vu dormir dans la guérite avant de l'aborder.

– Les planches sont arrivées la semaine dernière, compléta le cuisinier, du teck de première qualité prévu pour l'ambassade de Suède, un surplus qui s'est égaré, on va dire, avec ça tu feras du bon boulot.

Et toujours son rire fourbe, avant de reprendre :

– Pidopoulos me confie, en plus, la gestion courante du complexe, à moi de me débrouiller. Pour l'entourage de la piscine extérieure des thermes c'est donc avec toi, c'est résolu. Je vais te montrer l'endroit.

Il déplia ses longues jambes, traversa la salle du bar non sans laisser traîner au passage sa main le long du cou d'une rouquine qui somnolait sur un transat. Ils longèrent les box de massage où des agents de santé, avec l'entrain de poissonnières au banc, malaxaient le trop-plein des chairs occidentales.

La porte du fond s'ouvrait sur un autre couloir vitré, tapissé d'aristoloche. Étonné, Schwara caressa les feuilles gavées d'humidité qui diffusaient une étrange lumière de sous-bois.

– Avec du terreau, tout pousse au bord des geysers, dit Korcha. À Fluda, les villageois du haut creusent des canaux dans la roche pour apporter l'eau chaude vers les terres arables du bas, ils n'ont jamais pensé qu'en sens inverse ils pouvaient remonter de la terre des plaines dans leurs jardins de pierres et cultiver eux-mêmes leurs légumes. Dès que je rentre au pays je monte une entreprise de transport de terre, les gens d'ici sont des cons, ils ne pensent pas.

Il pensait pour les autres, savait sur quel terreau poussait l'aristoloche, mais n'avait rien appris de celui qui nourrissait les conflits.

Le couloir en courbe se terminait par des marches jusque dans l'eau de la piscine extérieure. Les curistes y accédaient à partir d'un sas protégé d'une tenture en Plexiglas souple. Korcha ouvrit une porte latérale avec un passe.

Instinctivement Schwara glissa la main devant ses yeux, une nappe de brouillard écrasait la piscine d'eau chaude creusée dans la roche. Korcha répondit à son interrogation muette.

– Lève la tête vers les lampadaires, à côté des lampes il y a des ventilateurs qui rabattent la vapeur, astucieux, hein ? Une piscine à l'air libre nimbée de nuages blancs, comme sur les photos de dépliants pour la Finlande, ils adorent ça. Si demain la mode est à l'Afrique, Pidopoulos leur amènera des éléphants, et si la tendance est au rose, il les leur peindra *pink*, des oreilles à la queue, et ils en voudront !

– Et les grillages autour, ça leur rappelle les camps de regroupement de chez nous, c'est ça ?

Les paupières du renard laissèrent filtrer une lueur froide.

– Sécurité oblige.

Puis, sans transition, il montra les palettes de planches stockées de l'autre côté du grillage.

– Tu commences quand ?

– Tout à l'heure, j'ai faim, maintenant.

– Viens aux cuisines, tu emporteras ce que tu veux.

Et il fit demi-tour.

– On ne peut pas passer par l'extérieur ? demanda Schwara.

– Il n'y a pas d'ouverture, il faut retraverser le hammam.

– Pour apporter les planches, il faudra refaire tout le circuit ?

– Je demanderai à la sécurité d'ouvrir une fenêtre dans le grillage.

– Sécurité ?

– Les Grecs ont leur propre service de gardiennage, c'est eux qui décident.

– Bon Dieu, s'énerva Schwara, ils peuvent pas faire sauter ce grillage ?

Le ton de Korcha se fit tranchant :

– Tu arrives de n'importe où, tu poses mille questions, ça va, non ? Si tu veux le job, tu le prends et tu la fermes, je ne sais même pas qui tu es.

Schwara se retourna d'un seul bloc. Aussi grand que Korcha, moins jeune mais droit comme un mélèze des Londes, il planta ses yeux dans les siens. Deux coins d'acier. L'autre comprit, il aurait le travailleur mais pas l'homme. La force qui émanait de Schwara venait de si loin, au-delà de sa carrure, qu'il regretta sur-le-champ de l'avoir embauché. Il devrait rester sur ses gardes et essayer de trouver ses points faibles. Il avait son idée là-dessus.

Les vacanciers qui s'écorchaient les pieds sur le sol de lave désertaient la piscine extérieure. Quelques intrépides franchissaient le sas pour faire une dizaine de brasses la tête dans les brumes tièdes et repartaient aussitôt pour raconter aux buveurs de tisane leur exploit dans les bouillons du lac des volcans, gardé par un homme aux cheveux drus et noirs qui assemblait un caillebotis de planches de teck.

Quand Schwara leur parlait du grillage qui clôturait la piscine, ils ne comprenaient pas son ton grave, ils étaient en vacances. Certains avaient entendu parler de réfugiés qui tentaient de s'infiltrer par la piscine extérieure des thermes, d'autres racontaient en rigolant que les femmes de ces fameux villages sans homme cherchaient à gagner les faveurs des touristes. Schwara secouait la tête, s'excusait et retournait s'isoler dans ses travaux de dallage. Avec son maillet, son ciseau, sa scie passe-partout et une boîte à coupe qu'il s'était fabriquée pour biseauter les planches, il encastrait au sol un emboîtement de losanges qui tenait compte du contour sinueux du bassin. Il avait décidé seul du dessin de l'entourage de la piscine et son travail rythmait ses journées. Rien ne le distrayait, ni les rares nageurs ni le gardien grec qui l'aidait à passer les planches par l'ouverture découpée au bas du grillage. Nuque baissée, jusqu'à la tombée du jour il traquait le moindre écart dans l'agencement des lattes, ajustait chaque élément des losanges avec autant d'attention que pour un travail de marqueterie.

Au bout d'une semaine, Korcha vint lui dire d'aller plus vite, qu'il n'était pas là pour poser le parquet de la galerie des Glaces du château de

Versailles dont il venait de découvrir une reproduction dans un magazine de l'hôtel. Mais devant la qualité de l'ouvrage il resta sans voix. Un charpentier n'avait pas ce savoir-faire, encore moins un bûcheron. Ceux qu'il connaissait dans le Nord pouvaient débiter leurs dix stères par jour, ils avaient la force mais pas la minutie. Ce que faisait cet étranger lui échappait.

Il alla frapper au bureau du chef de la sécurité grecque qui lui était redevable de menus services. Pas plus tard que la veille il lui avait apporté deux caisses de bière dont on ne retrouvait pas trace sur la facturation interne. Ristos méprisait les nationaux qui le lui rendaient bien. Korcha attendait qu'un nouvel embrasement ethnique chasse les Grecs pour récupérer leurs biens. Le renard, qui avait besoin de ses services, fit semblant de lui apporter des informations.

– L'homme qui travaille à la piscine extérieure des thermes, le charpentier, t'es sûr de ce qu'il fait toute la journée ?

Ristos ne s'attendait pas à ce que quelqu'un lui apprenne son boulot, surtout pas Korcha.

– À genoux du matin au soir à découper son puzzle, pourquoi, tu crains quelque chose ?

– Il dit qu'il vient des Londes, qu'il cherche quelqu'un sur l'île, mais il connaît trop de choses pour être un simple charpentier et je vois pas comment il va trouver celui qu'il cherche s'il reste enfermé toute la journée dans la piscine grillagée.

– Tu veux dire la piscine extérieure des thermes ?

Son ton s'était durci.

– Excuse, j'arrive pas à m'y faire.

– Si tu préfères, ceux de Lurdj se chargeront de te le rappeler.

Silence lourd. Le Grec profita de son avantage, fit un quart de tour sur son fauteuil à roulettes vers l'écran de contrôle. Il toucha quelques manettes sur la console, de nouvelles images en noir et blanc défilèrent avant de se stabiliser.

– Celle-là, tu connais ?

Ristos avait zoomé sur une curiste au repos dans un transat de la salle du hammam, seins nus, cheveux blonds enturbannés d'une serviette mauve. Korcha se rapprocha.

– Christina, Allemande, femme de médecin.

– Seule ? demanda Ristos.

– Oui.

L'image se fixa sur les seins lourds, Ristos avala bruyamment sa salive.

– Dis-lui que les Grecs font la fête ce soir dans leur bungalow et que...

– Le chef de la sécurité serait très honoré, je sais !

Ristos éclata d'un rire gras que Korcha reprit en glapissant. Puisque la fin de la guerre ne permettait plus qu'on viole les femmes, à Tarina on le leur demandait gentiment. Enfin, presque. Quelle curiste oserait raconter qu'elle s'était rendue dans le bungalow de la sécurité sans arrière-pensée, et s'il y avait plainte, qui la recevrait ? Il n'y avait plus de tribunal civil dans le pays, ni de juges, et les dernières forces loyalistes, aidées par les soldats de l'ONU, couraient après les tortionnaires politiques. Alors, un viol civil à moitié provoqué...

– Ton charpentier, demanda Ristos d'humeur joyeuse, il s'appelle comment ?

– Schwara.

– Répète !

– Schwara.

– Jamais entendu ce nom par ici, voyons.

Il entra un code sur le clavier, l'image sauta du bar aux couloirs, du hammam aux abords de la piscine, puis Schwara apparut au milieu des vagues de vapeur, plongé dans son travail. Dans le silence de ses rouages parfaitement huilés, la minuscule caméra n° 8 fixée au sommet d'un des poteaux d'éclairage de la piscine extérieure pivota de trente degrés et cadra le haut du corps du charpentier. D'une voix professionnelle, Ristos égrena les caractéristiques du visage :

– Cheveux noirs coupés vite fait, bouclés d'origine, pommettes saillantes, lèvres épaisses, nez fin, visage mat mais pas du Sud, un type qui travaille en plein air.

Au même moment Schwara suspendit son geste, posa son maillet, tira tabac et papier de sa poche et alla rouler une cigarette en s'adossant au poteau qui supportait la caméra.

– Merde, lança Ristos en tripotant ses manettes, l'angle mort. Depuis le temps que je demande qu'on double les caméras, on a hérité du matos du camp de tri et depuis, rien.

– En tout cas l'argent a été débloqué et j'ai vu passer les factures.

Ristos marqua le coup. C'était une fouine ce type, pas un renard, il ne s'en méfiait pas assez, il le regardait manœuvrer ses caméras comme s'il savait s'en servir. Il resta quelques minutes à balayer en vain les abords de la piscine.

– La nuit, je peux pas te dire non plus ce qu'il fait, tant qu'on aura pas l'infrarouge on sera vulnérables douze heures sur vingt-quatre.

– Si des fois tu le vois qui rôde auprès des gars, des jeunes, tu prends une ou deux photos, je te revaudrai ça.

– Merde alors, des garçons ! Il serait là pour ça, tu crois ?

– En tout cas il regarde pas les femmes.

– Je vais pas le rater, tiens ! termina Ristos en crachant dans la corbeille à papiers.

Sans rien ajouter, le cuisinier sortit. Il ne lâcherait ni le Grec ni le charpentier.

– T'oublies pas pour Christina, gueula Ristos, de derrière la porte.

Après être passé aux cuisines – fromage de chèvre entre deux tranches de pain, orange glissée dans la poche de son manteau –, Schwara s'éloigna vers la pointe extrême de l'île pour s'aérer. Il avait subtilisé une lampe de poche et l'ovale jaune guidait ses pas entre failles, trous d'eau, jets de vapeur, crêtes de lave noire. La roche, la mer, le feu, les éléments s'affrontaient sur l'île inachevée qui transpirait la violence.

Une odeur l'intriguait. Pas celle, acide, du soufre qui imprégnait ses vêtements depuis la première heure où il avait débarqué sur Birinia, ni celle, pointue, des laminaires qui pourrissaient au soleil, quelque chose de légèrement écœurant et familier à la fois, comme sa propre sueur au détour d'un geste. Il jeta le reste de son pain, il avait l'impression de mâcher l'air d'un étang des Londes quand on le curait en plein été. Soudain la lumière accrocha au sol deux lignes brillantes qui partaient de l'embarcadère. Il éteignit la lampe, laissa ses yeux s'habituer à la pénombre. Des rails d'acier au faible écartement le conduisirent au bout d'une centaine de mètres à un entrepôt de tôle.

Pas un bruit. Le toit s'appuyait sur un éperon rocheux qui surplombait deux profondes failles transformées en bassins de décantation. Des wagonnets vides sur un aiguillage rudimentaire, quelques pelles, des brouettes, des tamis, c'était à peu près tout. Rien d'inquiétant, de simples manœuvres de transbordement, peut-être la boue de la thalasso dont Korcha lui avait parlé, qui venait de la ville de Ran-Mositar par barges et par ferries. On devait la stocker et la laver dans ces grands entonnoirs naturels.

Il porta sa main au visage, l'odeur devenait agressive. Il allait faire demi-tour quand il aperçut, accolée au bâtiment, une cuve à mazout rouillée transformée en poêle, comme celui de la scierie où il brûlait les chutes de bois. Par une petite ouverture au bas, passait une lueur de braise, l'odeur venait de là, sans aucun doute. Toujours le silence. En deux sauts il fut à côté des grands sacs de plastique noir rangés devant la porte du poêle. Deux rats lui passèrent entre les jambes.

Avant même d'examiner le premier sac, il comprit. D'un coup de pied il le fit basculer et une bouillie d'os et de chair putréfiée se déversa sur le sol. Du bout de sa chaussure il éparpilla les restes. Rien ne prouvait qu'ils étaient humains mais tout le laissait penser. Korcha l'avait averti, pour purifier la boue du champ de bataille des rives de la Vitoul on devait la filtrer, la tamiser, puis nettoyer les restes dans les bassins de décantation, pour qu'ils puissent se consumer dans le poêle. Rien de répréhensible. Tarina était tout au bout de la chaîne du recyclage de la barbarie, elle n'était pas responsable du premier de ses maillons.

L'odeur de putréfaction et d'os brûlé le bousculait. Une énorme bulle d'air gonfla la surface d'un des bassins et une giclée de boue macula sa joue. Des voix de nulle part le firent sursauter, des appels, des cris, il s'arracha à la fascination des lieux et s'enfuit en courant vers les bungalows au risque de se rompre les chevilles.

La nuit très noire mettait les caméras de contrôle hors service. Il trouva à tâtons l'ouverture dans le grillage de la piscine extérieure des thermes, réussit, après avoir enlevé son manteau, à s'y faufiler, et se retrouva à genoux sur le caillebotis en teck.

À la lueur de sa lampe, il dessertit une série de losanges avec son couteau, redécoupa chaque planchette en petits rectangles pas plus longs qu'un pouce, et s'attaqua à un nouveau travail d'ajustement. Il ne sentait ni le froid ni la caresse pâteuse du brouillard, il n'existait que par le bout de ses doigts qui agençaient avec une infinie précision les bûchettes dorées pour dessiner au sol des signes mystérieux. Quand la lampe faiblit, il se redressa lentement, une barre de feu en travers des reins. Il devait être deux ou trois heures du matin.

Il ressortit de l'enclos grillagé, alla prendre une couverture mauve dans la réserve. À l'autre bout du complexe hôtelier, des chansons à boire et des rires d'hommes s'échappaient du bungalow de la sécurité aux fenêtres encore éclairées. Au moment où il revenait sur les hauteurs qui surplombaient l'entrepôt au toit de tôle, l'appel désespéré d'une femme déchira la nuit, si froid, si bref, qu'il pensa qu'il venait de faire envoler sous ses pas une bernache blessée. Il s'engagea avec précaution entre les roches jusqu'à ce qu'il sente l'air tiède d'une bouche de lave.

Couché sur son manteau, enroulé dans la couverture, il resta face aux étoiles, yeux grands ouverts, bercé par la respiration des geysers. Comme sur le ponton de Lurdj et sur la plage des pêcheurs, comme tout à l'heure dans les brumes de la piscine, l'eau lui chuchotait qu'il suivait la bonne piste. Un jour viendrait où le chemin serait aussi lisible que les lettres qu'il assemblait avec les dominos de teck, mais qu'on ne pouvait déchiffrer qu'avec du recul.

Korcha devenait pressant. Il essayait de piéger Schwara par d'incessantes questions détournées et remplaça le gardien chargé de livrer les planches par le plus jeune de l'équipe, un ancien berger au visage fin, frisé comme un mouton. Le charpentier vint s'asseoir près du grillage pour partager ses cigarettes roulées mais ne se confia pas. Pas de quoi alimenter les soupçons du cuisinier. Le jeune Grec fut le plus gêné. « Je n'ai jamais croisé un tel regard, dit-il à ses collègues, je ne sais jamais s'il va m'agresser ou me consoler, il est dangereux, ce type », mais il ne savait nommer le danger pressenti.

Korcha donna deux jours à Schwara pour terminer l'entourage du bassin, pas un de plus. Pidopoulos devait débarquer à Tarina et il ne tenait pas à ce que les deux hommes se rencontrent. Il envisagea de le faire disparaître, ce n'était pas les trous d'eau qui manquaient, puis abandonna son plan trop dangereux pour demander à Ristos d'interroger les archives de la sécurité.

Pour qui savait naviguer sur le Net et avait de l'argent, les fichiers que l'on croyait détruits pendant la guerre circulaient à nouveau. Ristos ne trouva aucun Schwara, dénicha seulement un certain Azardjick né dans la région des Londes, aux traits proches de ceux de Schwara, mais barbu et plus jeune. L'homme était maître compagnon, on retrouvait son nom à propos de restauration de palais dans une vallée de Katmandou. Un ouvrier de cette envergure ne pouvait pas venir se perdre à Birinia, Korcha demanda à Ristos de cesser les recherches qu'il payait grassement : que le charpentier finisse le dallage en bois et qu'il parte au plus vite.

À petits coups de maillet, Schwara finissait d'ajuster un losange de teck retaillé en courbe pour respecter la forme du bassin. La pièce de bois vint s'ajuster avec exactitude dans la figure géométrique. Un travail de maître.

Il plia avec précaution son pantalon déchiré, son pull délavé, son manteau sans teinte, comme s'il préparait son costume de scène pour la séance du lendemain, et ôta son slip. L'eau tiède l'enveloppa avec la douceur d'une serviette parfumée, il fila vers le fond, ressortit de l'autre côté, les yeux piqués par l'eau de mer, fit plusieurs allers-retours et alla se frotter aux remous des geysers qui fusaient des flancs du bassin.

Des cris hystériques sortaient de la salle de soins. Les vacanciers fêtaient leur départ, la soirée battait son plein, ils s'étaient mis nus pour se couvrir d'argile. Dans le couloir tapissé d'aristoloche, des silhouettes jaunes aux gestes empesés couraient après leurs ombres. Des poignées de boue éclaboussèrent violemment les vitres en faisant voler le feuillage, les curistes s'amusaient. Un couple adossé à la paroi copulait à grands coups de reins, maculant le vitrage de traînées jaunes semblables à celles que laissait en été le ventre éclaté des sauterelles qui s'écrasaient en grésillant contre les lampes de la scierie.

Schwara détourna la tête.

Sans bruit, une forme de loutre souleva la tenture du sas. Une femme traversa la piscine d'une brasse silencieuse, se hissa sur le bord opposé. Il devina un éclair de cheveux blonds avant qu'elle ne disparaisse dans le brouillard.

Pour récupérer ses habits il se propulsa comme une flèche, bras et mains en avant. Il la heurta au moment même où, après avoir enlevé son maillot et se croyant seule, elle se jetait à l'eau. Surpris l'un et l'autre, elle hurla et, dans un mauvais réflexe, l'entoura de ses jambes. Ils coulèrent, remontèrent, il prit une goulée d'air, elle l'entraîna à nouveau vers le fond. Elle paniquait, s'agrippait, il la gifla. En un quart de seconde elle devint poupée de chiffon entre ses bras, il la remorqua doucement vers la petite échelle en alu.

Il l'aida tant bien que mal à reprendre pied, gêné par leur nudité. Elle avait un solide corps de femme, des seins lourds. Elle s'assit sur la plage de teck et sans chercher à se couvrir, recroquevillée de la tête aux genoux, elle se laissa aller à pleurer sans bruit. Il grimpa l'échelle à son tour, elle leva ses yeux mouillés et ne dit rien. Il posa son manteau sur ses épaules, sans un mot. Elle se mit à grelotter très fort, il ne sut que faire, roula une cigarette qu'elle refusa. Elle trouva une orange dans la poche, sourit faiblement, arracha la peau à petits coups de dents. Assis côte à côte ils se partagèrent le fruit, s'effaçant au gré des courants d'air et des écharpes de brume.

Avec un léger accent allemand, elle dit juste le nécessaire.

– Je m'appelais Christina.

– Pourquoi à l'imparfait ?

– Je ne veux plus de lendemain.

Elle se tut.

– Moi c'est Schwara. Demain pour moi, ce sera quand je l'aurais trouvé.

– Qui ?

– Celui qui s'en est allé sans dire au revoir.

– Il est jeune, hein ? Je sais qui vous êtes, Korcha fait courir des bruits sur vous.

– Jeune, si vous voulez, peut-être aujourd'hui a-t-il cent ans.

– Je sais ce que c'est, ce soir.

Et elle se remit à pleurer.

– Viens, lui dit-il, allonge-toi à mes côtés.

Sa voix lançait un pont dans la nuit. Elle ramena le grand manteau sous son ventre et se plaça contre sa hanche. La vapeur traînait au sol, le couple flottait dans les nuages. Il lui prit la main, déplia un de ses doigts et lui montra comment suivre le chemin de sa propre main au sol.

– Là, touche, ce sont des losanges, tu sens ? Encore, voilà, les deux côtés, les deux autres. Dans un pays que je connais bien, les losanges sont un signe de sagesse.

– Pourquoi ? murmura-t-elle.

– Le rond, tu n'en ressors jamais, le carré est trop parfait, il t'enferme, le rectangle s'étire à l'infini, peu fiable. Tu les rassembles tous, tu obtiens le losange, une figure idéale, assez déséquilibrée pour que ta pensée s'y glisse et pourtant cernée par les quatre côtés qui la guident.

Elle poussa un petit rire.

– Il est où, ce pays de la sagesse ?

– Là où fleurissent des champs de rhododendrons.

Il marqua une pause puis reprit le jeu :

– Viens, on continue, suis mon doigt, comme les enfants apprennent à lire. Tu sens, c'est quoi comme lettre ?

Elle hésita, se reprit :

– Un I, non ?

– Exact, et après ?

– L.

– Continue.

Elle s'appliquait, revenait en arrière, cherchait la main de Schwara. Elle ânonnait doucement entre ses lèvres. C'est lui qui prononça le mot.

– ILLISIBLE, reprit-elle, qu'est-ce que ça veut dire ?

Il ne répondit pas. Ils ne pouvaient aller plus loin, c'était miracle qu'ils se soient croisés quelques instants dans leurs nuits.

Demain, Christina retrouverait son mari médecin qui lui parlerait de ses clients et ne l'écouterait pas, mais jamais ses doigts n'oublieraient la douceur du bois de teck.

Les cris de la fête se déplaçaient vers l'entrepôt du bord de mer. Les curistes avaient découvert les rails qui partaient de la réserve et avançaient sous la nouvelle lune jusqu'aux bassins de décantation de boue. Englués dans leur peau de glaise qui se craquelait, ils s'arrosaient de bière, et leur odeur de ferment recouvrait pour l'instant celle de la fumée grasse du poêle.

Intrigué par le silence du côté du hammam, Korcha laissa ses cuisines pour jeter un coup d'œil à la salle du buffet. Une femme et un homme, vautrés sur leur fauteuil en osier, cuvaient en ricanant. Il tourna les talons et alla frapper au bureau du chef de la sécurité pour s'assurer qu'il n'y était plus. Il fit tourner son passe dans la serrure, entra furtivement, referma derrière lui. Sans hésitation il alluma l'ordinateur, déplaça des manettes sur la console, pianota sur le clavier. Il maîtrisait parfaitement la procédure, les caméras de contrôle se mirent à ronronner en haut de leurs mâts. Il sélectionna les images du dehors, du noir rayé de traînées blanches, pas assez de lumière. Il entra de nouvelles informations, lui seul connaissait le code pour passer en mode infrarouge, mais ça, il ne l'avait pas montré à Ristos.

Il balaya les abords immédiats du grillage de la piscine extérieure des thermes, remonta le long des rails, jusqu'à ce qu'il voie le dos des derniers curistes zigzaguant vers l'entrepôt. Les corps irradiaient une blancheur de suaire. Son visage se durcit, des gouttes de sueur perlaient à ses tempes. Il portait sans arrêt sa main droite au front, dans un tic qu'il croyait avoir perdu à la fin de la guerre, quand, sentant le vent tourner, il avait déserté son poste de gardien au camp de tri des prisonniers de Tarina, aujourd'hui transformé en complexe hôtelier.

Les nationalistes de Lurdj n'avaient pas réussi à éliminer tous les acteurs du drame de l'île concentrationnaire, il était bien en vie, assis à son ancien poste de travail. Il sourit, il officiait avec la même aisance que lorsqu'il surveillait les opposants au régime poussés vers les bassins d'acide. Il se rapprocha de l'écran, cette grosse-là, elle ressemblait à la femme de ce pêcheur arrêtée parce qu'elle refusait de donner sa barque aux unités du front, et l'autre à ses côtés, avec ses cheveux courts, les mêmes traits que la fille du libraire de la grand-rue de Lurdj qui diffusait des tracts interdits et ce court sur pattes, il sautillait comme l'imam de Korj qui prêchait la résistance. Allez, au bain d'acide, tous ! Il sifflotait en suivant sur l'écran la cohorte nue et chancelante des fêtards si proche de celle des prisonniers.

Enfin, la bouche sèche, il pointa la dernière caméra vers les bassins qui décantaient la boue des rives de Ran-Mositar. Il y a des lieux qui sont faits pour attirer les perdants, pensa-t-il dans son crâne de renard. Ses yeux de tortionnaire fouillaient les nantis des thermes avec la même haine qu'il avait eue pour les suppliciés du camp de Tarina.

Elle se réveilla en sursaut, elle était seule, l'homme lui avait laissé la couverture, son nom déjà lui échappait. Au pied du lampadaire gisaient la caméra n° 8, brisée, et les pales tordues des ventilateurs. L'air était léger, la vapeur ne stagnait plus sur le bassin. Elle se faufila par l'ouverture du grillage et s'éloigna du sortilège des losanges de teck qui disaient la sagesse du monde et ses impasses.

Elle alla le long des rails vers les siens qui n'allaient pas tarder à découvrir les sacs de plastique noir à odeur de charogne, femme blessée dans la nuit d'un pays où tant d'autres ventres de femmes avaient nourri le jeu des soldats.

Schwara sauta sur le ponton où accosterait dans quelques heures le ferry du retour. C'en était fini des roches et du soupir des geysers. Tel un poisson des eaux boueuses, il remonterait la piste jusqu'à Ran-Mositar.

CATRINA n'avait pas le temps de vider sa brouette qu'en quelques coups de pelle Djon la remplissait.

– Dis-lui d'aller moins vite, je n'arrive plus à suivre, cria-t-elle à Irini.

– Dis-le-lui, toi.

– Il ne m'écoute pas.

Le jeune homme attendait la prochaine brouettée, coiffé de son bonnet de laine bleu et de son baladeur, légèrement courbé en avant, outil bien en main, prêt pour on ne savait quel challenge.

Agacée, Irini s'y reprit à deux fois pour qu'il l'entende. Il acquiesça d'un léger coup de tête, mit sa pelle sur l'épaule et s'en alla plus loin dégager avec autant d'enthousiasme un énorme rocher qui pointait dans la boue comme un chicot de la bouche pourrie d'un géant.

Elle s'engagea en poussant des reins sur le sentier des containers, ruminant ses pensées. Elle s'énervait pour un rien, à la pause de midi se tenait à l'écart, mangeait ses beignets en solitaire, regard perdu vers l'immense croix qui narguait le quartier musulman. Catrina se dit qu'elle lui parlerait à la fin de la journée.

Le niveau de la Vitoul s'était abaissé de presque un mètre, les crues de fin de printemps n'étaient plus à craindre, on circulait sans risque au plus près du fleuve. À la fin de la semaine les ouvriers s'attaqueraient au soubassement de la pile ouest du pont. Les ingénieurs prévoyaient de déverser des tonnes de gravier dans l'entonnoir de terre asséché. Joannis, en charge du futur planning, avait essayé d'éliminer l'équipe d'Irini, mais les responsables de la Coalition qui veillaient à l'équilibre des clans, des religions et des sexes, ne l'avaient pas suivi, les brouettes de gravier, même plus lourdes, étaient à descendre contrairement à la boue qu'il fallait remonter, l'effort n'était pas plus important. Le contremaître s'inclina, Irini et ses amis gardèrent leur emploi.

Aux premiers mugissements de la sirène du chantier, Catrina rassembla ses outils et gagna la cahute. Irini l'avait précédée et époussetait déjà ses habits. Elle ôta à son tour pantalon et pull, les jeta sur la barre de bois suspendue au plafond, les frappa d'un bout de planche comme chaque soir. La poussière sèche les fit tousser. Au-dehors les hommes se décrassaient au jet d'eau, s'aspergeaient, sifflaient vers les femmes qui se changeaient. Pour avoir la paix, elles finiraient leur toilette aux douches du baraquement de l'ONU ou dans la bassine d'eau tiède au pied de l'évier. Elles se rhabillèrent en silence sur le banc de bois.

Pour ne pas brusquer son amie, Catrina se lança dans une conversation de vestiaire :

– T'as de quoi manger, ce soir ? Il y a un arrivage de pommes de terre, des Belges au grand cœur nous envoient leur surplus de production, dix kilos par personne.

Irini finit de lacer ses rangers, tête dans les épaules. Catrina surenchérit :

– Faut faire une heure de queue pour retirer les bons d'alimentation dans un bureau paumé, mais t'as rien sans rien.

Comme si elle n'avait pas entendu, Irini se leva, enfila sa longue veste qui virait au jaune, s'apprêta à sortir. D'un geste doux, Catrina la retint par la manche.

– S'il te plaît, je n'ai pas envie de rentrer seule, raccompagne-moi.

Irini ne retira pas son bras, se retourna. De fines rides de poussière dessinaient un masque de chat sur le visage de Catrina. Elle lui sourit.

– Il y a longtemps que je n'ai pas marché le long du fleuve côté ouest, d'accord.

L'instant était fragile, elles s'en allèrent d'un pas lent, en silence.

Le contremaître tendit le cou pour les regarder s'éloigner. Il n'y avait aucune grâce chez ces femmes-là, ce soir il irait au Palace, les filles n'y étaient pas bégueules.

Elles se coulèrent dans l'avenue du Commerce embouteillée de cyclistes, de charrettes à bras, de voitures cahotiques. Les autorités avaient doublé la rotation des bacs entre les deux rives mais le trafic restait toujours aussi dense. Plus bas, des files de piétons s'étiraient devant des pontons branlants où des chauffeurs de taxi recyclés dans la conduite de barques à moteur proposaient la traversée pour un demi-dollar.

Aux façades des immeubles, les fenêtres vitrées alternaient avec des embrasures obturées de couvertures qui battaient aux courants d'air. Des familles entières s'entassaient dans quelques mètres carrés. Les deux femmes ralentirent devant un magasin de chaussures de luxe gardé par un homme en armes. Juste à côté, dans l'encoignure d'un porche, une vieille femme vendait ce qui lui restait d'ustensiles de cuisine. Tassée sous ses tabliers noirs, elle se contentait d'aligner ses casseroles sur des napperons de toile cirée, sans un mot. Deux soldats de l'ONU en lunettes noires la regardèrent en riant. L'un lui fit l'aumône d'une pièce et elle se mit à le poursuivre en boitillant pour glisser dans ses poches deux couverts dépareillés dont il ne voulut pas. La petite vieille rejoignit son étal en maugréant et aligna ses cuillères et ses fourchettes en laiton sur la toile cirée, aussi méticuleusement que quand elle mettait la table pour le repas du dimanche.

À la hauteur de l'ancien marché dont il ne restait que des longerons d'acier pointés vers le ciel mauve, Irini changea d'avis. Au lieu de rejoindre le mail qui longeait la Vitoul, elle entraîna son amie sur la droite. Des maisons anciennes, miraculeusement épargnées par les bombardements, surplombaient le pont piéton. Fonctionnaires internationaux et affairistes locaux transformaient la moindre masure de pierre en loft, remplaçant les toits de tuiles par des terrasses à bronzette et barbecue, dans l'attente du premier été de l'après-guerre. Irini connaissait les lieux. En haut d'une ruelle avec des géraniums qui serpentait vers les collines, elle poussa la barrière basse d'un minuscule square à l'abandon. Les deux femmes s'assirent sur un banc de pierre adossé à un énorme olivier étêté dont l'épaisseur du tronc avait découragé les haches.

– J'ai trouvé l'endroit un dimanche matin, j'y retourne quelquefois.

– Pour faire quoi ? demanda Catrina.

– Rien, je regarde, c'est déjà beaucoup. Je m'évade, je suis là et ailleurs en même temps.

– Comme souvent en ce moment.

Irini ne releva pas. Les maisons faisaient barrage au brouhaha de l'avenue, le calme était lourd, inhabituel, le square fantomatique. Un chat noir fit sursauter Catrina qui se mit à parler vite, d'un ton saccadé :

– Moi aussi je veux m'évader, partir, dès qu'on aura assez d'argent on quittera le pays. Je connais un ancien officier de la préfecture qui a un stock de passeports et de tampons, mais il demande très cher. T'as entendu parler de travail au noir sur le chantier ? Ça m'intéresserait.

– C'est la nuit, il faut charger la boue sur des barges, répondit Irini, c'est réservé aux hommes.

– Joannis trafique la boue de la Vitoul ? C'est pas de l'or, à qui il peut bien vendre ça, ce type vendrait même sa mère.

– Je crois que Djon s'y est attelé, c'est bien payé.

– Tu penses d'une aubaine pour Joannis, il fait le travail de dix. Il habite où, ton protégé ?

Irini hésita.

– Dans le campement des racleurs de roche, sur un replat de la colline à la croix.

– C'est par là ton appartement ?

– Un peu plus bas, dans le sous-sol des barres d'immeubles gris.

– Autour du marché des snipers ?

– Si tu veux, mais plus personne ne l'appelle comme ça, la guerre est finie.

Les reflets du couchant s'accrochaient au fleuve. En face, à l'est, le campement des réfugiés scintillait de mille bougies. C'était vraiment la première journée chaude du printemps. À droite du square, au dernier étage d'un immeuble au frais crépi ocre, une fenêtre s'éclaira et un couple s'avança sur le balcon, verre à la main. L'homme et la femme bavardèrent quelques instants puis rentrèrent, la lumière s'éteignit. Ils devaient se préparer pour aller en ville, c'était l'heure où les restaurants grecs, libanais, italiens, faisaient le plein.

Catrina se mit à rire quand Irini lui souffla :

– Le luxe serait de rentrer chez moi et que la table soit mise, le repas servi !

– Je pensais la même chose, dit-elle, ta fille ne te fait jamais la surprise ?

Irini sursauta, presque agressive.

– Quoi, ma fille ?

– Tu m'en as parlé, elle s'appelle bien Luria ?

– Oui, Luria.

Silence. Catrina insista avec douceur :

– Si tu veux, tu peux me dire ce qui ne va pas.

Son amie se courba lentement en avant. Avec ses cheveux blonds et courts, elle avait l'air d'une adolescente perdue sur un banc public. Sa voix se fit si basse que Catrina se pencha à son tour pour saisir ses paroles.

– Je m'inquiète pour Luria.

– Elle a quoi ?

La réponse se fit attendre.

– Des ganglions au niveau du cou, gros comme des œufs de caille, elle vomit presque tous les jours.

– Je ne savais pas...

– Je n'en parle jamais, même pas avec elle. Elle respira profondément et ajouta dans un souffle : Un jour d'orage elle m'a crié que si je lui disais un mot de plus sur sa maladie, elle partirait. Je sais qu'elle le ferait.

L'air sentait le chèvrefeuille. Elle reprit, pesant chacune de ses phrases :

– Nous habitions un village sur le haut de la plaine, les nationalistes nous ont chassés des maisons avant d'y mettre le feu. Je l'ai retrouvée le lendemain dans la cabane du jardin, prostrée, sa robe en lambeaux. Elle m'a dit la même chose qu'aujourd'hui : « Jamais un mot sur ce que tu sais. » Elle garde tout, elle se tait, elle en meurt.

Catrina se redressa avec une violence inouïe.

– Il ne faut pas lui en vouloir, avec Alouche aussi nous nous sommes juré « plus un mot », mais les chiens qui ont fouillé nos ventres cherchent à nous trancher la langue pour que nous ne soyons plus que des bouches cousues, eh bien non, ça suffit, il faut parler, crier !

Elle lui saisit très fort la main, l'obligea à se lever.

– Crie avec moi, on est vivantes, on a le droit de crier pour nous et pour celles qui n'en ont plus la force !

Elle s'appuya à la balustrade de bois, tendit son corps en avant comme une gargouille. Sa voix s'éleva, plus pointue qu'une dague, déchirant le voile de toutes les nuits muettes. Irini s'approcha en tremblant, se mit à gémir doucement, puis un son rauque jaillit de sa gorge, un autre chant, plus grave, dont la tonalité profonde s'ajusta en polyphonie aux cris de Catrina. Le temps de demander des comptes était venu.

Au dernier étage de la maison d'en face, un

homme qui prenait le frais sur sa terrasse appela ses enfants pour écouter les chants qu'entonnaient les braves gens du quartier. La soirée était si douce.

Elles dévalaient les ruelles, se retournaient pour s'attendre, repartaient, portées par une onde de chaleur qui gommait leur fatigue. Elles déboulèrent sur l'avenue du Commerce le souffle court, hébétées de débouler en pleine lumière au milieu de tant de monde. Elles bifurquèrent vers le plateau sans trop savoir ce qu'elles voulaient faire de leur soirée, être ensemble surtout, s'accorder encore quelques heures d'imprévu.

Elles ralentirent le pas, enjambant les gravats qui jonchaient les pavés. Au seuil des maisons les vieux prenaient le frais à califourchon sur leur chaise, les femmes dressaient des lits de camp sur le trottoir, activaient les foyers de braise pour y griller des épis de maïs, les enfants tapaient dans des ballons, les hommes discutaient politique sous les étoiles. À Ran-Mositar le plus grand des luxes était de traîner dans les rues si longtemps bâillonnées par le couvre-feu.

Le quartier du plateau avait bénéficié d'aides internationales, et, même si les façades restaient grêlées d'impacts de balles, les immeubles étaient à nouveau investis. Les rues appartenaient aux piétons, les échoppes d'artisans recyclées en bars de nuit poussaient leurs tables jusqu'au milieu des chaussées. Catrina se serra contre Irini, la foule ondulait au gré des terrasses, des hommes pissaient leur bière dans l'ombre des murs, des jeunes au crâne rasé s'agglutinaient autour de décapotables rouges qui déversaient des décibels à la tonne.

Au fond de sa poche, Irini gardait une pièce d'un dollar. Tant pis pour le savon et le shampooing qu'elle voulait acheter, elles iraient s'installer comme des princesses au Palace dont le néon rose doublait les lettres tarabiscotées de l'enseigne. Une table se libérait, elle poussa Catrina vers la terrasse. Des filles en talons hauts y buvaient du whisky avec des clients ivres.

Ça allait trop vite pour Catrina, la ville autiste découpait le monde en tranches d'humanité sourdes les unes aux autres, elle voulait s'en aller. Ce fut au tour d'Irini de lui demander de ne pas la laisser seule. En godillots, veste et pantalon de chantier, les cheveux gominés de poussière, elles commandèrent leurs bières, bien installées aux premières loges du théâtre de la rue.

Les clients attiraient les filles du Palace entre leurs jambes, Catrina les fusillait du regard, Irini essayait de la calmer.

– Tu ne peux pas empêcher que le sexe se vende, c'est ainsi.

Son amie ouvrit la bouche comme sous une gifle, sa voix tremblait.

– Tu ne penses pas ce que tu dis, ce n'est pas possible.

– Je constate, c'est tout.

– C'est pire ! Tu vas finir par admettre les assassinats, les viols !

– Ce n'est pas la même chose.

– Si ! cria Catrina. Si !

Irini, qui déplaçait sa chaise bancale, resta figée dans son mouvement, cassée en deux, ressort intérieur brisé. Son sang avait déserté son visage. À l'autre bout de la terrasse, une jeune femme aux cheveux auburn et aux lèvres violemment rehaussées de rouge tulipe balançait son sac à main verni au bout d'une chaînette dorée, assise sur les genoux d'un soldat. Catrina, qui ne connaissait pas Luria, pensa qu'Irini en avait après ce couple et continua à déverser sa colère :

– Regarde ce minable du Nord enrôlé par la milice, il n'avait jamais quitté son village, aujourd'hui il se prend pour un seigneur, regarde ses mains d'assassin.

Elle cracha au sol puis désigna la fille.

– Des étrangères qui débarquent en ville sans un sou et repartent avec le pognon de leur cul, elles m'écœurent.

– Catrina, s'il te plaît, arrête ! arriva à prononcer Irini.

Dans son coin, la fille aux lèvres tulipe passait ses bras autour du cou de l'homme en treillis.

– On part, aboya Catrina.

Elles se levèrent ensemble. En quittant la terrasse, Irini se retourna vers Luria qui la fixait par-dessus l'épaule de l'homme. Ses yeux n'étaient qu'un cri, qu'un brasier, qu'une douleur.

Il n'était pas loin de trois heures du matin quand les pas de Luria résonnèrent dans le couloir de l'immeuble. Allongée dans le noir, sa mère suivit chacun de ses gestes. La porte qui s'ouvrait, les chaussures à semelles compensées lancées dans un coin du salon, les toilettes, la bassine où elle mettait à tremper ses bas et son slip. Un bref silence, puis le tintement de la bouteille de gin sur le sol. Silence à nouveau, entrecoupé de sanglots.

Irini se leva sans bruit, rejoignit sa fille recroquevillée sur le canapé, s'assit à ses côtés. Chacune s'endormit dans la tiédeur de l'autre, sans se toucher.

UN concasseur poussif avalait les blocs de roche dans un bruit d'enfer et recrachait de lourdes bouchées de gravier dans les brouettes. De toute la force de leurs bras, les femmes freinaient la charge le long de la passerelle trop raide et, d'un coup de reins, la déversaient au bord de l'entonnoir de la pile. La poussière était lourde, poisseuse. Djon reprenait le gravier pour le balancer à grands coups de pelle vers une deuxième équipe en contrebas qui le répartissait dans les casiers où serait coulé le béton.

Le jeune homme au baladeur brassait des tonnes de pierraille avec une énergie que rien n'entamait. Des ouvriers se moquèrent de son rythme de bielle emballée et l'appelèrent la « loco ». Le surnom faisait le tour du chantier quand un gars qui parlait espagnol fit savoir que ça voulait dire aussi « fou », mais il ne l'appela « Djon loco » qu'un seul matin. Les journaliers entourèrent l'Espagnol pendant la pause de midi, le chef des racleurs de roche lui donna un coup, un seul avec la main bien à plat et l'autre cracha deux molaires qu'on l'obligea à avaler sur-le-champ. Sans indice, l'incident en resta là. Djon ne s'aperçut de rien et continua son travail à un rythme halluciné comme s'il se lestait de boue, de pierres et de gravier pour s'empêcher de se diluer dans les airs ou de rejoindre le ciel.

Chaque nuit, Irini guettait le retour de Luria et ne s'endormait que lorsque la porte du sous-sol s'ouvrait. Elle arrivait au chantier de plus en plus lasse. Un après-midi où la réverbération du soleil était particulièrement lourde, elle se mit à rêver de pluie et de prairie. Elle continua d'avancer au milieu des tas de gravier surchauffés, crut distinguer derrière ses paupières floues la cascade fraîche d'un torrent, tituba. À quelques pas de là, Djon, qui s'essuyait le visage avec son bonnet, aperçut le corps d'Irini affalé en travers de sa brouette. Quelque chose n'allait pas. Il la poussa à l'ombre d'une butte de terre pour que Joannis ne la voie pas. Elle respirait sans bruit, ivre de fatigue, assommée de chaleur, elle dormait. Il dénoua son châle, le trempa dans l'eau du fleuve, l'appliqua sur son front. Elle soupira, se souleva sans ouvrir les yeux, se rendormit aussitôt, dos calé au rebord de la brouette, bouche grande ouverte.

Djon n'était pas habitué à voir un visage de femme d'aussi près. De minuscules ridules cernaient ses lèvres épaisses, ses joues étaient plus vives que des coquelicots et ses cheveux étonnamment blonds. Chez lui, dans ses forêts, les femmes étaient brunes et leur peau mate. Il la trouva belle. De temps à autre il laissait sa pelle pour veiller sur son sommeil. Quand Catrina s'inquiéta de son absence, il alla lui dire brièvement qu'il prenait soin d'elle. Elle n'en revint pas, Djon parlait clairement et on le comprenait. Elle lui demanda plus de détails, il reprit ses balancements et sourit sans rajouter un mot.

En fin de journée, quand Joannis descendit contrôler les caissons de gravier, le jeune homme lâcha à nouveau sa pelle et courut secouer Irini. Elle comprit en quelques secondes la situation, se faufila jusqu'au déversoir du concasseur et reprit sa place. Djon la surveilla du coin de l'œil jusqu'à ce que la sirène du chantier la libère.

Catrina insista pour la raccompagner mais elle voulut rentrer seule, prendre son temps sur le chemin du retour.

Dès que la femme blonde disparut de l'autre côté du grillage du chantier, Djon partit à sa recherche.

Une touche de son baladeur s'était coincée et il allait sans musique à travers la ville, tête baissée. La foule était aussi dense que celle des jours de marché quand il habitait à la campagne. Pour être tranquille, il préférait se dire de nulle part plutôt que d'un quelque part qui jamais ne plaisait aux autres. Par instants, il est vrai, des flashes de lumière l'éblouissaient et son visage se tordait du côté gauche, mais il s'était habitué à ces minutes blanches sans mémoire. Il avait roulé le bord de son bonnet bleu jusqu'à la racine de ses cheveux, et ressemblait à un marin de Lurdj venu embaucher sur le chantier du pont, ou à un étudiant en rupture d'école si on s'attardait sur sa touffe de poils au menton, ou simplement à un bon à rien tout en muscles qui flairait les bons coups à travers la ville. Mais si on regardait ses mains, on ne doutait pas une minute qu'il était du nord de la presqu'île et qu'abattre un chêne à la hache ne lui faisait pas peur. Peut-être était-il tout cela à la fois ou tout autre chose de différent aussi.

Arrivé en haut de l'avenue du Commerce, il hésita. Sur sa gauche les ruelles parallèles à la Vitoul, sur sa droite l'amorce des collines. Il choisit de continuer tout droit et de rejoindre le boulevard des Mineurs avec son lot d'immeubles gris. Irini pouvait trouver à s'y loger. Il avait fait le bon choix, il aperçut la femme sur le trottoir d'en face, elle marchait péniblement, s'arrêtait, s'adossait aux lampadaires, repartait. Il avait eu raison de la suivre, elle avait besoin d'aide. Il la rejoignit à grandes enjambées au moment où elle glissait au sol, la rattrapa de justesse par les épaules, la chargea en travers de ses bras. Sans trop s'étonner de le voir, la tête floue, elle le guida jusqu'à son immeuble. Il allait sans effort, aussi facilement que s'il ramenait au bercail une brebis perdue dans les Londes.

Au bas de l'immeuble, il la posa au sol. Elle s'accrocha un instant à son bras, respira profondément, se redressa.

– Ça va mieux, dit-elle, je dors peu, je suis trop fatiguée pour manger à midi.

Elle hésitait sur les mots, est-ce que Djon comprenait ce qu'elle disait ? Il surprit Irini comme il avait étonné Catrina, en répondant clairement :

– Je t'ai suivie pour t'aider, maintenant je m'en vais.

– Attends, je veux te remercier, j'ai un peu d'alcool dans l'appartement.

Leur dialogue s'enchaînait comme pour la répétition d'une scène de théâtre, sans que ce soit tout à fait juste ni tout à fait faux. Djon reprit son balancement d'un pied sur l'autre. Elle le prit par le bras comme on guide un adolescent timide. La lucarne était éclairée, Luria n'était pas encore sortie.

– Te fais pas prier, viens !

Son visage laissa passer une sorte d'onde blanche puis il se ressaisit et la suivit, courbant son grand corps pour emprunter le couloir du sous-sol.

Quand l'homme pénétra dans son salon, Irini sut qu'elle venait d'enclencher un acte terrible. Si les femmes de la guerre avaient le devoir de crier, pour elle et sa fille les cris seraient de vengeance.

À la vue de Djon, Luria se retira dans un coin du canapé, le corps tendu, les mains bien à plat sur le tissu à larges raies jaunes. Aucun étranger n'était jamais entré dans l'appartement. Après un silence qui n'en finissait plus, Irini expliqua en quelques mots pourquoi il était là. Mal calé sur un tabouret trop bas pour ses jambes, il tournait son bonnet entre ses gros doigts. Puis le silence les rassembla à nouveau. Luria était de plus en plus mal à l'aise. Les hommes qui la fréquentaient d'habitude la touchaient sans l'atteindre, lui, en face d'elle, ne la regardait pas et occupait pourtant tout l'espace.

À un moment Djon se déplia comme un pantin pour aller se planter au centre de la pièce. Les femmes se figèrent. Il attrapa l'abat-jour qui pendouillait, replaça d'un coup de pouce le culot de la lampe et d'une chiquenaude remit le tout dans le crochet qu'il enfonça dans le plafond d'une simple pression de la paume. Un grand sourire barrait son visage mince. Luria nota le drôle de rictus que sa fossette droite amorçait. Ses yeux se posèrent sur elle si rapidement qu'elle ne vit pas leur couleur.

Les minutes s'égrenèrent en silence. Enfin Djon se leva toujours aussi précipitamment, Irini ne risquait plus rien il pouvait partir. Il se tourna vers la femme qui ne lui avait pas été présentée.

– Ton nom c'est quoi ?

– Luria.

Il avait ce qu'il voulait, il sortit en fermant doucement la porte. Ses pas firent trembler les dalles du couloir.

L'épaule d'Alouche continuait à la faire souffrir. La nuit, sa sœur se glissait dans son lit pour la calmer. Elle avait réussi à convaincre le gardien du baraquement de pouvoir rester la journée sur le banc extérieur. Son grand sac à ses pieds, elle cherchait le soleil et se tenait ainsi des heures, sans plus d'images dans la tête qu'une chatte endormie. Un médecin qui passait chaque jour devant les baraques, intrigué par son bras en écharpe, arrêta un matin sa voiture et lui proposa de l'examiner. Elle savait que les malades ne pouvaient rester au Centre des déplacés frontaliers. Elle fit semblant de ne pas comprendre, joua avec ses foulards, tendit les deux bras en avant, rit en frappant des mains. Il la trouva gracieuse et repartit. Quand Catrina la rejoignit en fin de journée, elle éclata en sanglots de douleur et de joie. Elle avait eu si peur d'être séparée de sa sœur.

Le lendemain, Djon entendit Catrina raconter l'anecdote à Irini. À la fin du chantier, il revint avec le chef des journaliers, le colosse aux yeux doux avec qui elle avait fait affaire pour Alouche.

– Montre-moi la fille, dit-il rudement à Catrina. Je sais remettre les membres démis.

La gorge de Catrina se serra, l'homme était immense, grossier, elle ne l'estimait pas. Djon trouva les mots qu'il fallait pour la convaincre.

– Je l'ai vu replacer les coudes d'une femme qu'on avait battue et jetée dans le fossé, poignets attachés par-derrière. J'étais avec lui, il s'appelle Jvorek et il s'en fiche d'où vient ta sœur, il soigne, c'est tout.

Catrina le regarda comme s'il s'était dédoublé, il n'avait jamais autant parlé. Elle ne voulut pas dire où elles logeaient alors que tous les racleurs de roche savaient qu'elles étaient des « femmes des baraquements ». Elle donna rendez-vous à Jvorek et Djon dans le petit square du haut quartier. Irini les y conduirait.

Depuis trois semaines Alouche n'avait de contact qu'avec ses compagnes de dortoir et

Princesse, la petite chienne à poil ras du gardien, qui lui tenait compagnie. Elle avait oublié que Ran-Mositar était une ville bruyante, et sur le chemin du square elle collait à sa sœur comme son ombre. En s'engageant dans la ruelle aux géraniums qui montait vers le gros olivier, elle se détendit, tout était si calme. Un merle au bec d'or qui courait le long d'une murette plongea dans l'épaisseur d'un seringa.

Les hommes étaient déjà là, plantés comme dans un décor de cinéma, fumant des cigarettes blondes, appuyés à la balustrade qui surplombait le quartier. Alouche ne vit pas Irini tout de suite et fut prise d'un tremblement impossible à contrôler. Catrina lui parla à l'oreille comme dans les nuits où elle pleurait en désignant d'invisibles visages. Les hommes finirent leurs cigarettes.

Jvorek demanda à Catrina de dégager le haut de la robe d'Alouche et de le laisser faire. Il se pencha sur l'épaule nue, et ses mains aux phalanges mangées de poils bruns commencèrent à pétrir la peau blanche. Djon l'aida à immobiliser la femme et leurs deux silhouettes recouvrirent son corps comme pour le dévorer. L'effort leur faisait rendre une odeur de musc. L'immense cri de douleur d'Alouche sous la traction précise des mains du rebouteux libéra les voix de Catrina et d'Irini qui crièrent à leur tour vers le pont.

Il tailla deux planchettes pour maintenir son bras collé au buste, les ponça en les frottant à l'angle de la pierre du banc et plaça les attelles en équerre. Alouche se laissa aller tel un oiseau désailé entre les mains d'un chasseur.

Jvorek repoussa l'argent de Catrina, il avait fait ça parce qu'il savait le faire, c'était tout. Il n'en dit pas plus. Il était du nord de la presqu'île, elles étaient de la plaine. Il chercha Djon pour retourner à leur campement, mais le jeune homme avait disparu dans la nuit. Il s'en alla à son tour sans que personne ne prononce une parole.

Le soir, quand il se confierait à ses amis du campement de la colline, il ne trouverait pas de mots assez forts pour décrire la triple pointe de feu qui avait traversé son crâne au moment où il parvenait à replacer l'épaule de la femme.

Du haut de la dernière ruelle, avant d'attaquer les terrains vagues de la colline à la croix d'or, il se retourna vers le square en contrebas. L'ombre recouvrait d'un voile noir la silhouette des trois femmes qui ne savaient plus pardonner.

DJON remontait les trottoirs de l'avenue du Commerce sans dévier d'un pouce, comme s'il courait en solitaire dans une allée forestière des Londes. Il passait en force, coudes, tête, genoux, sans voir personne. Les cris d'Alouche dans le square venaient de tacher de sang les éclairs de lumière blanche qui traversaient sa tête. Il fuyait droit devant. Il fit un écart pour éviter une femme et sa poussette, se jeta dans la circulation, indifférent aux voitures et aux vélos.

Des hurlements dans la nuit, des flammèches de soufre, l'homme qui le chasse et le poursuit.

Un choc dans les reins, l'aile d'un camion l'envoya valdinguer contre la bordure du trottoir, il ne lâcha pas son bouquet de seringa. Un gros bleu à la cuisse droite, des éraflures aux mains, il ne s'en sortait pas trop mal. Quand il ramassa son baladeur, à cinq mètres de là, la musique se déclencha, le choc avait décoincé la touche « play ». Avec un sourire de matin de Noël, il ajusta les écouteurs. Des gouttelettes de saxo éteignirent peu à peu les flammes rousses dans sa tête. Apaisé, il s'engagea dans le boulevard des Mineurs et mit le cap sur la tanière de l'immeuble gris où une jeune femme veillait en silence.

Luria repoussa son verre de gin, la bête dormait dans son ventre, pourquoi la réveiller. Les jours s'allongeaient dans la saison et les heures avant la pleine nuit s'étiraient sans grâce. Il faudrait qu'elle attende l'hiver prochain pour que la vitre de mica du petit poêle palpite à nouveau sous les flammes et lui tienne compagnie.

Elle passa en revue les objets familiers qu'elle aimait sentir vivre autour d'elle. Le lampadaire-sèche-cheveux, le gros réveil chinois, un châle à fleurs bleues punaisé au mur, le tableau au-dessus du canapé, acheté sur un coup de cœur, dans la rue. On y voyait une colombe serrée dans une cage si petite que l'oiseau, tête tournée vers le lointain, semblait ignorer les barreaux. Luria n'aimait pas qu'on enferme les animaux quels qu'ils soient, une cousine, quand elle était petite, s'amusait d'une souris blanche, ça ne l'avait jamais intéressée. À y regarder de plus près, des ongles de la colombe perlaient des gouttes de sang auxquelles, là encore, l'oiseau ne semblait pas prêter attention. Ignorer sa prison et ses blessures était sans doute une bonne solution. Luria pencha la tête, la colombe avait fière allure.

Pour la troisième fois elle saisit le verre d'alcool, le fit tourner entre ses doigts, le repoussa. Ces temps-ci, sa mère accompagnait ses amies du chantier à leur baraquement et rentrait un peu plus tard, la laissant se battre contre la solitude. Elle essaya de s'intéresser à un vieux magazine, le reposa. Les feuilles du lierre sur la façade de l'immeuble envahissaient le soupirail, si elle n'y faisait pas attention la lucarne se rétrécirait jusqu'à devenir opaque comme la vitre en mica du poêle à mazout, et l'appartement replongerait dans les nuits d'avant-guerre.

La bête s'agitait au creux de son sein droit. À l'étroit dans sa niche de chair, elle sortirait bientôt ses griffes, s'affolerait, creuserait un tunnel dans son flanc pour gagner son ventre. Elle se leva, affolée. Ne pas finir dans le piège à rats de ce sous-sol. Submergée par un hoquet de bile, elle se précipita aux toilettes, vomit par saccades, secouée de sanglots comme au fond de la cabane du jardin sous les flammes. Elle se releva en titubant, mit par hasard la main sur le réveil, fixa les aiguilles phosphorescentes avec une intensité folle, se donna vingt interminables secondes de répit et, d'une main cotonneuse, vida d'un trait le verre de gin. La bête assommée recula, les hommes refluèrent en désordre, le sang et le feu ne furent plus qu'un mauvais rêve. Elle saisit son sac à main pour fuir l'appartement. La porte s'ouvrit.

L'homme au bonnet bleu se tenait devant elle, immense, descendu d'une autre planète, l'air si perdu qu'elle éclata d'un rire nerveux dans un hoquet de gin. Entre ses mains de brasseur de gravier, il tenait un bouquet de seringa.

Il retrouva sa place sur le tabouret trop bas et, sans un mot, tendit un des deux écouteurs à Luria. Pour lui faire plaisir elle mit en place l'oreillette. Elle ne connaissait de la musique que les singles moulinés dans les bars. Surprise par l'envolée des premières notes elle ferma les yeux, allongea ses bras écartés sur le dossier du canapé.

Un oiseau planait, secouait les nuages, piquait droit vers les prairies, remontait en vrille, en trille, la reliait au ciel, à la terre, à l'homme assis devant elle, dans de fulgurants battements d'ailes. Un cadeau du sergent John du Michigan, perdu à dix mille kilomètres de chez lui pour une mission qu'il ne comprenait pas, mais fan inconditionnel de Charlie Parker.

Quand la cassette s'arrêta, Luria avait l'envergure d'un planeur de plumes. Les yeux de Djon qui regardait dans sa direction sans la voir étaient zébrés d'ombres violettes. Elle se leva sans bruit pour prendre les fleurs posées sur ses genoux.

– Merci, dit-elle simplement.

Et Djon atterrit à son tour.

Elle mit deux bougies rondes sur la table de la cuisine, il déplaça ses jambes pour soulager sa cuisse droite qui l'élançait. Les pommettes de son visage étaient parcourues d'hésitations incessantes comme frissonne la peau des chevaux. Il était l'incertitude et la force, le silence et la musique, les fleurs, mais Luria savait qu'il n'était pas arrivé chez elle par hasard. C'est Irini qui l'avait conduit jusqu'à l'appartement et elle connaissait la détermination de sa mère. Une fois elle avait veillé pendant un mois entier, mangeant et dormant sur place, pour attraper un renard de poulailler qui déjouait ses pièges. Elle avait fini par le coincer à l'heure chaude de midi quand le village faisait la sieste et l'avait abattu d'un seul coup de fusil.

La ville au-dehors avait pris son rythme de nuit. Luria s'enferma dans les toilettes pour préparer son visage de fille de bar, mais laissa le rouge à lèvres et le mascara sur le bord du lavabo. La douleur semblait s'être calmée.

Quand elle retourna dans la pièce, Djon n'y était plus. Elle n'en fut pas surprise, l'homme savait être léger. Son bonnet bleu était resté sur le tabouret. Elle hésita, Irini allait bientôt rentrer, elle le glissa au fond d'un tiroir. Quant au seringa, elle avait très bien pu le cueillir elle-même.

LE travail sur le chantier s'accéléra. Des camions commencèrent à déverser des tonnes de ciment sur le fond de gravier qui tapissait la base de la pile ouest. De nouvelles équipes tassaient et lissaient le mortier, seule entorse à la rénovation à l'identique du pont de Ran-Mositar. On laissa ouvert un casier sur cinq pour que les tensions du sous-sol provoquées par l'alternance des pluies et de la sécheresse s'évacuent. Leur mosaïque ressemblait à un gigantesque jeu de dames où, pour corser la partie, on aurait remplacé des cases blanches par des fosses rectangulaires de la profondeur d'un homme debout.

L'équipe d'Irini fut à nouveau embauchée grâce à deux jeunes architectes de l'école de Florence, envoyées par la communauté internationale pour superviser les travaux du pont piéton.

Elles les trouvèrent courageuses et leur proposèrent une tâche moins pénible, la finition à l'ancienne des pierres blanches de l'arche unique du pont, qui devaient s'ajuster très exactement à celles qui avaient pu être remontées du fond du lit de la Vitoul. La technique de la taille s'apprenait vite.

Ornatela et Maria étaient arrivées en vestes et pantalons noirs, serrant des cartables en cuir fin bourrés de plans, avec l'ensemble des cotes, projections, épures et tracés du pont, entièrement recalculés d'après photos d'archives, selon un programme informatique dont elles étaient les inventeurs. Elles avaient délaissé pour quelques mois le chantier de restauration des bouddhas géants de Bamiyan en Afghanistan que les talibans avaient fait sauter au lance-roquette. Un peu pompeusement mais avec l'accent délicieux des universitaires de Florence, elles dirent aux journalistes venus les accueillir à l'aéroport militaire que le projet de Ran-Mositar était le symbole évident de l'implication internationale positive dans la réconciliation des peuples. Elles étaient accompagnées de jeunes étudiants italiens prêts à se dévouer corps et âme pour cette noble cause, bien que leurs premières impressions face à la ville meurtrie fussent mitigées.

Alouche se sentait capable de reprendre son travail, le rebouteux avait eu la main heureuse. Djon lui rétrocéda sa place sans discussion. Le contremaître s'en réjouit, si le jeune homme se reposait le jour, il chargerait bientôt une barge à lui tout seul pendant la nuit.

Les relations de Joannis avec Korcha, qu'il n'avait rencontré qu'une fois dans un bar champignon du bord de la Vitoul et dont il ne se rappelait même plus le visage, s'étaient tendues dernièrement. L'homme de Tarina lui avait fait savoir par un coup de fil autoritaire qu'il devrait dorénavant effectuer un premier filtrage avant d'expédier la boue. On y trouvait trop de restes humains, on ne pourrait pas faire croire plus longtemps à Pidopoulos que les ouvriers de la Vitoul étaient tombés sur un gisement bourré de fossiles du tertiaire, et les clients des thermes commençaient à se plaindre de fortes démangeaisons.

Joannis avait fait déplacer la barge en amont, puis plus en aval, mais cela n'avait rien changé.

Il fallait se rendre à l'évidence ; un véritable massacre s'était déroulé sur les rives du fleuve et les autorités de l'époque avaient fait creuser à la va-vite des fosses au pied des piles du pont. S'il avait fait analyser la boue qu'il envoyait aux thermes, le contremaître se serait aperçu que, malgré les crues de plusieurs hivers, elle restait fortement chargée en chaux vive.

Sur chaque rive de la Vitoul, Ornatela et Maria firent poser des panneaux expliquant les points forts du projet : avancement des travaux, pays impliqués dans le financement, date prévue pour la pose de la clef de voûte qui serait, précisait-on, doublée en bois d'olivier. Le symbole ne plut pas à tout le monde, les pancartes furent vandalisées. À l'ouest, des graffitis couvrirent d'insultes les musulmans. À l'est, des mots-crachats furent jetés à la face des chrétiens. Les architectes de Florence s'étonnèrent de tant de haine et se demandèrent si leurs interprètes ne faisaient pas des contresens. Mais quand les panneaux brûlèrent en plein jour sans que personne n'intervienne, elles admirent que le pont n'était pas fait que de pierres. Reconstruire à l'identique renforçait les identités nationales. N'aurait-on pas dû plutôt achever le travail de destruction et enfouir dans une même décharge la vieille arche, les vieilles passions et le vieux monde ?

Les soirées suivantes, les Florentines s'enfermèrent en séminaire avec leurs étudiants. Un seul sur les dix proposa, à l'étonnement de tous, qu'au lieu de se réunir entre eux ils pourraient peut-être aller vers les autres. À parler avec les habitants de la ville, ils auraient appris en effet que le pont avait un esprit, que de vouloir faire resurgir du lit du fleuve son squelette de pierres blanches n'était pas qu'une simple prouesse technique. Les communautés s'accusaient réciproquement d'être en train de profaner une sépulture.

Côté est, le chantier était de peu d'envergure. Les fondations et la partie basse de la pile avaient résisté au pilonnage des obus. Pour l'instant on colmatait les larges fissures qui couraient entre les pierres avec un ciment caoutchouteux importé de San Francisco, qu'on recouvrirait plus tard d'un enduit à l'ancienne. Trop heureux d'avoir repris du service, des marins de l'ex-école de navigation de Lurdj effectuaient l'injection du produit qu'il fallait préchauffer, suspendus à des baudriers. Les hommes-araignées, comme les appelaient dédaigneusement les gros bras du chantier ouest, restaient entre eux, ne prenaient jamais le bac. La Vitoul était toujours un fleuve-frontière, il y avait deux rives et deux départs de pont.

Lorsque les architectes firent le point devant l'ensemble des ouvriers et des contremaîtres convoqués pour l'occasion sur leur plate-forme ancrée au milieu du fleuve, Irini et ses amies comprirent qu'elles entraient dans l'aire de la réunification. Pour que les deux amorces du pont se rejoignent il fallait coordonner les chantiers des deux rives. La banalité de ces propos les bouscula. Pour elles, le pont c'était des pierres à tailler, pas un avenir à construire.

Face aux racleurs de roche et aux ouvriers mangeurs de lard, Alouche et Catrina savaient tenir leur place mais, devant les étudiants coiffés d'un casque jaune qui les abordaient avec de larges sourires, elles étaient mal à l'aise. Bien qu'elles aient économisé secrètement pour engager des passeurs qui les mèneraient jusqu'en Italie, elles ne voyaient pas ces jeunes Italiens d'un bon œil. Ils n'avaient rien à faire à Ran-Mositar, aucun être sensé ne pouvait avoir envie de faire le chemin inverse de leurs rêves, ou alors ils avaient des desseins dont elles avaient raison de se méfier.

Irini ressentait une énorme lassitude. La brouette, la pelle, la boue, les graviers l'empêchaient de trop penser, la cadraient. Là, tout changeait, on lui demandait de participer à un projet qui la dépassait. Elle voulait un travail qui la tienne debout, pas une mission qui la pousse en avant. Elle faillit tout arrêter, quitter la ville, mais dès qu'elle se vit sur les routes avec sa fille, une immense panique la saisit. Si elle enfouissait son passé dans ses bagages il lui sauterait tôt ou tard au visage, elle n'était pas capable, comme les deux sœurs, de tout miser sur l'exil. La paix pour elle et sa fille passait par l'affrontement, non par la fuite.

En bonnes universitaires, Ornatela et Maria avaient étudié la langue du pays, elles en savaient assez pour enseigner aux trois femmes les gestes nécessaires à leurs nouvelles tâches. Leurs phrases étaient parfois bancales mais leur bonne volonté sans faille, le séminaire avait porté ses fruits. En larges salopettes, elles maniaient le marteau et le ciseau sans craindre les éclats de pierre.

Joannis les observait à travers le grillage de sa baraque comme un lion en cage. Quand, se demandait-il, son pays d'hommes forts allait-il enfin annexer l'Italie ? Il n'avait plus de brouettes à compter, il s'ennuyait et attendait la nuit pour mettre Djon au travail.

Irini forçait sur une râpe à deux manches, agenouillée à côté d'Alouche aux prises avec le même outil.

– J'ai l'impression d'avoir dix ans, quand mes doigts refusaient d'apprendre à broder, mais mon dos me dit que j'en ai cent !

Elle avança l'outil au bord de la pierre blanche, prit soin que l'attaque soit franche et d'un coup sec le poussa sous le bon angle. Au bout de quelques minutes la force de ses deux mains s'équilibra et elle trouva son rythme.

De temps à autre elles superposaient un gabarit en bois par-dessus la pierre, vérifiaient la similitude des profils, reprenaient la râpe ou la boucharde, un marteau en pointe de diamant. Pour qu'elles travaillent dans de bonnes conditions, on avait aménagé une terrasse sur l'escarpement de la rive, à l'écart du charroi des « pierres patrimoniales », selon le jargon des architectes. Numérotés comme des bébés alignés dans une couveuse, langés de toile huilée que l'on ne dépliait qu'au dernier moment, les blocs de calcaire étaient bichonnés à la brosse douce avant d'être livrés aux équipes d'ajustage qui façonnaient leur forme définitive au millimètre près. Taillés et dégrossis dans une carrière qui bordait la Vitoul au nord de la ville, les blocs de calcaire étaient apportés jusqu'au chantier dans des barges. Restait ensuite l'énorme tâche de les hisser jusqu'à la plate-forme, à grand renfort de cordes et de treuils puisqu'on n'avait pas réussi à mettre la main sur des grues en état de marche. Après avoir travaillé les pierres au gabarit, on les glissait sur des plans inclinés jusqu'à l'échafaudage en palier, gigantesque mikado aérien qui déjà réunissait les deux rives.

Il fallait ajuster le puzzle des pierres anciennes aux nouvelles, corriger les défauts. Celles qui avaient été exposées au soleil des carrières se piquetaient de jaune, les autres, qui avaient macéré plus de deux ans au fond du fleuve, étaient rongées de champignons microscopiques. La sagesse aurait été de retarder le chantier de quelques mois et de prendre le temps de les poncer à nouveau, mais architectes et politiciens s'étaient mis d'accord pour inaugurer le pont avant l'automne.

Les Italiennes activèrent leurs téléphones satellitaires et, un beau jour, un hélicoptère partit de Venise pour livrer cinq mille pots d'une mixture antimoisissure qui avait fait merveille sur le Rialto. Le richissime descendant d'une famille patricienne en faisait don aux maires de Ran-Mositar, à condition qu'apparaisse en grandes lettres sur l'échafaudage du pont le nom de son usine chimique qui fructifiait dans la banlieue de Mestre. Avant de se poser avec sa précieuse cargaison sur l'aire d'atterrissage aménagée à deux pas de la croix qui surplombait la ville, l'hélicoptère survola l'étroite vallée du haut Vitoul coupée du monde depuis le début de la guerre. À la demande de l'homme d'affaires émerveillé par la beauté du site, le pilote stationna un instant au-dessus des cascades. Des paysans oubliés de tous, qui piégeaient des ragondins pour survivre, levèrent le poing vers l'hélicoptère. Le bienfaiteur vénitien le prit comme un salut et y répondit avec grâce.

Catrina lâcha la boucharde, se redressa lentement, mains sur les reins, ses muscles étaient plus durs que la pierre du pont. Les dernières heures de la journée n'en finissaient pas, elle s'octroya une pause, alluma la cigarette qu'elle gardait au fond de sa poche. Depuis quelques jours, un Italien à la peau claire s'évertuait à lui montrer les bons gestes pour soulager son dos. Elle essayait de l'ignorer, courbée sur son outil, yeux cachés derrière ses lunettes de carrier. Le garçon revenait à la charge en baragouinant quelques mots, tactique qui lui avait valu les faveurs d'une Égyptienne sur le chantier de Louxor où il avait effectué, le mois précédent, son stage de fin d'étude. Avant qu'il ne rejoigne l'équipe de bénévoles à Ran-Mositar, on lui avait enseigné que les communautés se déchiraient à propos de droit du sang et de religion. Il pensait que le don de soi était le meilleur des onguents pour adoucir les cicatrices des victimes. Quand il s'approchait de Catrina, il croyait que l'émotion crispait les doigts de la jeune femme autour de son marteau alors qu'elle s'empêchait ainsi de s'en servir comme d'une arme de poing. Derrière la fraîcheur naïve de l'Italien, elle avait repéré une inexorable odeur de musc.

La sirène du chantier stoppa la dérive de ses pensées. Avec Irini, elles iraient par la ville, là où leurs pas les mèneraient, sans autre projet que d'être ensemble. Alouche préférait rentrer seule au baraquement où l'attendait la petite chienne à poil ras. Le gardien, un ancien pêcheur du fleuve qui n'aimait pas qu'on s'occupe de son animal, faisait une exception pour elle. Alouche et Princesse se tenaient en bout de banc comme à la proue d'une barque, nez au vent, sans bouger, jusqu'à ce que la nuit tire un voile de brume sur la Vitoul.

LE vent du sud raclait la terre des collines, l'air était cotonneux. Les deux femmes descendirent vers le fleuve, à la recherche d'un peu de fraîcheur. En fin de soirée la foule était compacte et elles se retrouvèrent sans le vouloir dans une file d'attente prête à embarquer pour l'est. Irini retint Catrina qui s'apprêtait à faire demi-tour.

– Tu es déjà allée en face ?

– Non, je n'ai pas envie.

– Pour voir, une fois.

– Voir quoi, c'est la même chose qu'ici, mais de l'autre côté.

– Les gens, dit Irini, ce ne sont pas les mêmes.

– Qu'est-ce qu'ils auraient de différent ?

– Ils viennent d'ailleurs.

Elles avançaient sous la pression des gens pressés. En glissant un « s'il te plaît » à l'oreille de son amie, Irini emporta la décision. Le passeur empocha la monnaie, elles grimpèrent dans la barque surchargée.

La traversée, qui durait à peine trois minutes, les propulsa sur une terre dévastée. Une vase nauséabonde suintait des canalisations éventrées, des tourbillons de sacs plastique et d'herbes jaunes s'élevaient le long des maisons en ruines. Des tentes siglées du Croissant Rouge occupaient le moindre terrain vague bordé de détritus. Des hommes armés de bâtons gardaient les magasins d'alimentation aux vitrines grillagées. Les deux femmes sentaient peser sur leurs épaules le lourd regard de ceux qui n'avaient plus rien, leurs habits de chantier les rejetaient dans le camp des nantis.

– Qu'est-ce que le pont va changer à tout ça, grogna Catrina, l'envie et la haine sont partout, la ville est pourrie, elle peut bien disparaître, je m'en fous. Regarde-les se vautrer dans leur malheur, je ne le supporte plus.

– Ils n'ont pas choisi d'être là, ils n'ont plus rien, plus d'énergie pour aller plus loin.

– C'est tout comme excuse ? ironisa Catrina.

– Non, répondit Irini, soudain grave, il y a aussi ceux qui restent pour régler des comptes avec leur passé.

Après un entrelacs de ruelles qui remontaient du quartier bas, elles débouchèrent sur une esplanade en demi-lune éclairée d'une unique lampe jaune perchée au sommet d'un mât. Malgré l'heure tardive, des ouvriers empilaient des troncs d'arbre gorgés d'eau et tout juste équarris. Deux tracteurs de chantier crachant une fumée noire les remontaient poussivement du fleuve. Coupés aux flancs des dernières collines en amont, travaillés grossièrement sur place puis jetés dans la Vitoul, les troncs finissaient leur voyage au fil de l'eau, dans un déversoir qui coupait la courbe du fleuve à la hauteur d'un rocher en bec d'aigle juste avant le pont.

Une femme au long visage mangé d'un foulard noir sortit de l'ombre.

– Qu'est-ce que vous venez vendre ?

Elle les toisait méchamment. Catrina n'attendait que cela pour exploser :

– T'as peur pour qui, pour ton homme ? Une femme, ça ne peut que vendre ou se vendre, c'est ça ?

L'autre répondit d'un ton sans appel :

– La cantine des ouvriers c'est moi avec celles de la rue des Fontaines, personne d'autre. On vous connaît pas, partez.

Irini s'interposa. Avec ses yeux fatigués si intensément verts, elle imposait l'écoute.

– T'inquiète pas, on s'en fiche de ta cantine, on travaille en face, au chantier du pont.

– Qu'est-ce que vous faites ici, alors ?

– Venues voir si le monde est plus accueillant à l'est, ça n'a pas l'air d'être le cas.

La femme secoua la tête de haut en bas, calmée.

– Y a pas de boulot pour toutes, il faut défendre sa place, on s'est organisées, moi c'est le repas du soir pour le chantier de l'esplanade.

Catrina s'éloigna de quelques pas, tourna le dos et s'accroupit, les bras entourant ses jambes, elle n'avait pas envie d'en savoir plus. Dans un mois, peut-être deux, elle serait avec sa sœur sur les quais de Trieste pour une nouvelle vie. Alors l'autre pouvait bien défendre bec et ongles son coin de cuisine.

Irini accompagna la femme à sa cantine, une table basse avec des galettes de blé, des épis de maïs grillés et un plat en sauce où surnageaient des ailes de poulet. Dans des bouteilles sagement alignées, un breuvage blanchâtre.

– Qu'est-ce que c'est ?

– Lait fermenté.

– C'est alcoolisé ?

L'autre haussa les épaules.

– T'es pas d'ici, c'est sûr, à l'est, si tu veux une place au soleil, il vaut mieux chercher du côté du croissant de lune, si tu vois ce que je veux dire. Ces hommes-là boivent pas d'alcool.

– Ton foulard ?

– C'est pareil, je suis chrétienne mais je sers ces hommes.

Irini s'assit sur un des minuscules bancs qui entouraient la table en se demandant comment les costauds du chantier y posaient leurs fesses. Elle avait envie de parler.

– Ils font quoi de tout ce bois ?

– Ils assemblent le cintre pour doubler les échafaudages et préparer la voûte.

– C'est quoi un cintre ?

– Une forme en bois, il sera ancré aux rives et tenu par des pieux qui descendront dans le fleuve, on posera les pierres dessus, après on l'enlèvera. Je le sais, mon fils est manœuvre sur le chantier. Le plus difficile c'est de trouver des charpentiers, ceux du pays des forêts ont été massacrés. Mon fils, ils l'ont pris pour charrier les troncs, il est costaud. Tu fais quoi, en face ?

– Je taille les pierres dont tu parles, répondit Irini.

La femme hacha menu un éclat de bois, disposa les bûchettes en quinconce dans le ventre du foyer en terre cuite, gratta une allumette. L'inquiétude l'avait quittée, elle n'avait d'autre souci que préparer ses repas.

Irini alla s'asseoir à côté de Catrina.

– Rappelle-toi l'énergie qu'on dégageait quand on a crié ensemble dans le square, laissa-t-elle tomber doucement et puis ce soir c'est le calme plat, chacun vit dans l'instant, se fiche pas mal du passé ou de l'avenir. Qu'est-ce qu'on a à s'épuiser contre des fantômes ?

Catrina laissa s'écouler un trop-plein de larmes et de pensées.

– Pas un jour de plus... dans deux mois très exactement... je vais vendre les boucles d'oreilles d'Alouche, diamants et or blanc... je garderai l'argent pour les papiers... la moitié seulement la première fois, le reste à la livraison...

Elle releva son visage mouillé et répéta :

– Pas un jour de plus.

Irini ne l'avait jamais vue pleurer, deux sanglots encore et elle prononça entre ses dents serrées des mots incroyables :

– Quand tu auras besoin de mon aide pour aller jusqu'au bout de ce que tu dois faire, je serai à tes côtés, seulement, s'il te plaît, fais-le vite.

Elle prit la main d'Irini dans un geste de tendresse, trois secondes de serment scellé, leurs doigts tremblaient.

Elles achetèrent deux épis de maïs grillés. La cantinière leur parla encore du pont, dans un mois le cintre serait en place, qu'est-ce qu'elle deviendrait à la fin du chantier ?

Les tracteurs coupèrent leur moteur, les ouvriers se dirigèrent vers la cantine, d'autres s'installèrent à califourchon sur les troncs.

LURIA entendit venir Djon de loin, le poids de ses pas devant la lucarne puis dans le couloir n'appartenait qu'à lui. Il passait à l'appartement avant de rejoindre le chantier de nuit, pelle à l'épaule depuis que le contremaître lui avait demandé de la garder avec lui pour ne pas avoir à ouvrir la cabane à outils. Il ne frappait jamais à la porte. Irini n'était pas encore rentrée, l'heure leur appartenait.

Djon déplia un bout de papier journal dans lequel reposaient deux petites pierres rondes trouvées dans la boue, aussi lisses que des galets. Ils restèrent à regarder le cadeau à la flamme des bougies qui les faisait danser. Ils ne discutaient pas vraiment, chacun parlait devant l'autre. Rien d'essentiel si on n'y prêtait pas attention.

– Le disjoncteur a sauté deux fois, dit Luria, mes cheveux ont frisé, j'ai l'air un peu folle.

Il creusa ses joues comme s'il suçait un bonbon, elle continua à dévider les presque rien de sa vie :

– De la peinture verte, il leur en reste au Palace, si je récupère deux pots ça suffira pour la pièce, sauf si le papier peint en absorbe trop, du blanc pour adoucir, comment faire du blanc, diluer du plâtre peut-être. J'ai un peu mal, il ne faut plus que je m'endorme sur le côté droit, la chambre de la nuit était si triste.

Djon ajouta sa voix à la sienne sans attendre qu'elle ait fini, une comptine sans queue ni tête :

– J'ai couru derrière le lièvre sur le chemin des genêts... le trou dans les buissons c'est lui... rattraper tout le monde s'il veut, caché dans les sous-bois... les traces bien nettes.

Et comme souvent il termina sa litanie par des plaintes autour d'une mauvaise histoire de feu.

– Vipère jaune cachée dans tes muscles... tu exploses de l'intérieur... brûles comme une corde de soufre pendue au plafond.

Il triturait ses mains, les cachait entre ses jambes, accentuait ses balancements, son visage se déformait comme un masque de cire sous la chaleur. Elle lança deux ou trois « Djon », il l'écouta comme si elle émettait des sons depuis les étoiles. Le silence s'installa à nouveau, calme cette fois, tissé de soupirs et de hochements de tête.

Ils avançaient en bord de mer avec des semelles de lave, l'équilibre tenait du miracle, ils n'avaient besoin ni d'écouteurs ni de gin. Le feu dans la tête du jeune homme enflammait celle de la femme, quand il gémissait elle entendait ses propres pleurs au fond de la cabane.

Irini lui avait dit l'autre soir, dans une de ses rares confidences, que son visage avec sa petite touffe de poils sous le menton ne lui était pas inconnu, elle se demandait même s'il n'était pas dans le jardin alors que le village brûlait. Elle sentit tout à coup de telles ondes de haine envahir la pièce qu'elle ne fut pas surprise d'entendre approcher les pas d'Irini. Une douleur fulgurante sous les côtes lui fit ouvrir la bouche.

La lumière du lampadaire recadra brusquement les deux silhouettes adolescentes.

– Je suis allée à l'est, lança Irini d'une voix trop forte, nous sommes mieux par ici.

Elle aperçut les billes d'ivoire près des bougies, fronça les sourcils

– Des rotules, elles viennent d'où ? On les retire des cendres quand on brûle un corps.

Djon se déplia, rafla les billes, alla vers Luria.

– Tiens, des œufs de lune, je les ai trouvés dans la boue du fleuve.

Au creux de sa main c'étaient vraiment des œufs de lune. Il reprit son baladeur, son bonnet, et sortit sans un regard pour Irini. Le bruit de sa pelle dans le couloir, puis ses pas qui s'éloignaient.

Luria ne dit rien, Irini se tut, leur survie passait par l'homme qui s'en allait. L'une le voulait vivant, l'autre le voyait mort.

Les longues jambes de Schwara tressautaient au rythme des cahots de la remorque. Il cala son dos entre les sacs de patates, tira une enveloppe de la poche de son manteau. La route empierrée n'en finissait pas de tourner en surplomb de la rivière. Rejoindre Ran-Mositar par les montagnes était hasardeux, des revanchards de tous bords y harcelaient les forces internationales qui se repliaient le long des frontières et dans les villes. Mais ces trafiquants, faux rebelles, vrais fous de Dieu, politiciens en treillis ou généraux en cavale, étaient susceptibles d'avoir croisé à un moment ou à un autre l'homme qui l'avait poussé à prendre la route.

Après Lurdj, Birinia, Tarina, il y avait eu Arjter, Biki, Riolta. Bonnet enfoncé jusqu'au front ou mèches brunes au vent, qu'il prenne l'accent des Londes ou celui chantant des îles, on lui avait fait savoir qu'il était de nulle part.

Ce matin il avait fui le nid d'aigle de Riolta avant que les déserteurs avec qui il avait passé la soirée ne se réveillent et ne lui fassent la peau. Il les avait laissés écroulés sur la table, assommés d'alcool de prune, emportant leurs jumelles soviétiques à infrarouge et des papiers qu'ils avaient eux-mêmes dérobés dans des maisons pillées.

Il ouvrit la grosse enveloppe bistre toute froissée. Sur une photo de groupe réunissant grands-parents, parents, enfants, petits-fils et le chien de la ferme, une main appliquée avait marqué « Noces d'or de Maraïki et Manette », sans doute le couple assis sur deux chaises rapprochées, qui regardait l'objectif avec la certitude de poser pour l'éternité. Qui restait-il de vivant de cette famille ? Il déchira la photo et dispersa les morceaux sur la route, c'était plus conforme à la réalité. D'autres papiers encore, actes notariés, déclaration de naissance, mode d'emploi d'une machine à coudre, facture d'un fusil de chasse à canons superposés, récépissé d'une lettre envoyée à la Préfecture. Il jeta le tout en passant à l'aplomb d'un précipice. Dans la scierie des Londes, d'autres avaient dû faire le même ménage, les guerres étaient une façon un peu rude d'aider les peuples à purger leurs souvenirs.

Il sourit de cette fausse évidence, rien n'arrivait à effacer les images qui le poussaient à travers le pays. Sa salive était de cendre et de boue.

La route s'abaissait vers le fond de la vallée. L'échancrure des montagnes laissait filtrer une luminosité de collines et de prairies. Le tracteur ralentit, il sauta à terre. Il couperait à pied par les sentiers pour éviter les postes de contrôle, il savait bien que les sacs de pommes de terre dissimulaient des jerricans d'essence. Un des deux gars à moustaches qui lui avaient fait payer au prix fort le droit de s'asseoir à l'arrière de la remorque vit son manège. Il se redressa sur l'essieu du tracteur, d'une torsion du buste l'ajusta avec son fusil et partit d'un grand éclat de rire. Schwara eut juste le temps de s'abaisser, une balle à sanglier siffla au-dessus de sa tête. Le tracteur continua comme s'il ne s'était délesté que d'un panier de patates gâtées.

Cinq cents mètres plus loin, le moustachu fit signe à son frère de s'arrêter devant un oratoire nouvellement repeint en blanc. En deux sauts il décrocha des genêts fleuris pris dans la faille d'une roche, les assembla avec un lien d'herbe et déposa le bouquet aux pieds de la Vierge, après avoir rallumé une bougie bleue. Il pria pour la peine éternelle de Marie et une vague d'émotion embruma ses yeux. Il repartit, serrant son fusil sur ses genoux, avec la tendresse d'un berger pour son agnelet.

Intrigué par un long bâtiment de lauzes grises pris dans les lacets de la route, Schwara s'arrêta. Des tôles pour colmater le toit, des toiles kaki en guise de portes, la fumée d'un feu, des hommes portant chapeau et des femmes bariolées attablés pour un repas sur l'aire, des enfants très bruns qui couraient après des chèvres, les lieux étaient habités.

Une petite lumière rouge frôla sa main, remonta le long de son bras, on le visait avec un fusil à laser. Il se colla contre la paroi d'un rocher, le point rouge s'attarda sur la pierre, disparut. Il repéra l'homme au fusil, debout sur un éperon rocheux il gardait la bergerie. Première sommation à la lumière rouge, à la campagne un homme seul n'était qu'un rôdeur, il n'avait pas sa place ici. Il sauta par-dessus le remblai et disparut dans la pente. Il aurait pu se tordre le cou dix fois entre les racines de chêne rouvre et les pierres qui ripaient sous ses pieds. Il se rétablissait, passait d'un éboulis à l'autre, reprenait son équilibre. Sa sacoche lui battait les flancs, les ailes de son manteau s'effilochaient aux taillis. Grand oiseau gris, il fuyait ces montagnes minables où les clans feignaient de croire à la liberté revenue en s'entourant de barrières. Le jeune homme blessé qui l'avait cloué de son regard noir au seuil de la scierie ne pouvait s'être réfugié dans une telle ruche d'abeilles en folie ne rêvant que de cellules où faire leur miel sur le dos des autres.

Il atteignit la rivière à l'heure où les rayons du soleil jouaient avec le dos des truites. Un pont aux chèvres, effondré, retenait un invraisemblable amas de branchages. L'eau se faufilait entre des rochers ronds comme des genoux de géant et sautait en cascade dans son lit retrouvé. Au premier orage d'automne qui dévalerait les collines, le bouchon du barrage sauterait et l'eau s'engouffrerait vers la vallée.

Demain, il descendrait la rivière qui devait se jeter dans la Vitoul.

Le choc clair des cognées dans la fraîcheur du matin le réveilla en sursaut. Un son qu'il portait dans les tripes. Des bûcherons, droit devant, ouvraient une coupe dans les bois. Il s'étonna qu'à flanc de coteau on abatte des chênes qui n'étaient pas à maturité. Mais aujourd'hui il n'y avait plus de règles. Il s'assit sur une souche.

Beaucoup d'hommes pour peu de résultat, il ne comprenait pas. Certains ébranchaient maladroitement les troncs pendant que d'autres les écorçaient à même le sol. Un arbre s'abattit avec fracas à moins d'un mètre d'un forestier sans un seul coup de trompe. Schwara s'approcha du gars qui avait frôlé l'accident, veste de surplus militaire et sandales trouées.

– Salut, c'est pour où les arbres ? demanda-t-il en connaisseur.

– Le chantier du pont.

– De Ran-Mositar ?

– Bien sûr, qu'est-ce que tu crois ?

Schwara ne dit rien, alla toucher du plat de la main un chêne au sol, s'attarda sur la section mâchée par de mauvais coups de hache.

– Vous n'êtes pas du métier ? dit-il sans animosité.

– J'ai appris sur le tas, répondit l'autre sans

fausse honte, faut pas avoir fait des études pour couper un arbre.

– Non, faut avoir l'oreille.

L'ouvrier montra qu'il ne comprenait pas.

– « Si ta hache est dans le bon angle, le fer et le bois s'entendent », on dit ça chez moi.

– Et là, t'entendais quoi ?

– Des coups, pas une chanson.

Un bon sourire anima le visage de l'autre.

– J'ai un boulot, c'est ce qui compte, viens boire le café avec nous.

Drôle de dégaine, pensa Schwara, mais pas prétentieux. Il accepta. Tous ses sens étaient aux abois, la saveur sucrée de la première sève, la fine poussière des feuilles au sol, l'odeur acide de l'écorce, il se mit à parler vite pour chasser l'obsession de la scierie qui s'incrustait dans sa tête.

– C'est loin Ran-Mositar, et il n'y a pas de route ici, vous devez faire descendre les troncs par le fleuve. Des radeaux ?

Un barbu aux sourcils épais le reprit :

– Quels radeaux ! On balance les troncs à la flotte, ils finissent toujours par arriver, ils se bloquent au déversoir, y a plus qu'à les cueillir.

Schwara acquiesça, goûta le café à petites gorgées. Le soleil se jetait goulûment par la trouée de la nouvelle clairière, débusquait des plaques de clochettes mauves, ébouriffait la mousse épaisse. Un couple de pigeons passa et repassa, désorienté. C'était incroyable comme les chantiers de coupe, au petit matin, respiraient le même calme. Il eut tout à coup envie de rebrousser chemin, de se perdre, ne plus chercher à savoir. Pourquoi rejoindre le pont ?

Il s'approcha du feu, jeta des branches dans le foyer, se laissa envelopper par la fumée blanche. Le visage qu'il voulait oublier s'étira au gré des volutes.

– C'est toi qu'es du métier ?

La voix venait de si haut qu'il dut lever la tête. L'homme qui le dépassait d'une coudée avait gardé sa hache sur l'épaule et, sans attendre la réponse, poursuivit :

– Pour le pont il faut tailler des pieux porteurs, c'est pas si évident. Les cintres à vide ça va, c'est pas lourd, les feront pas plier, mais avec les pierres du tablier par-dessus, ce sera une autre chanson, faudra pas se louper. Tu saurais faire ça ?

On venait de choisir pour lui, Schwara s'arracha du feu.

– Faut voir, répondit-il simplement.

Il inspecta la coupe, salua les hommes qui s'acharnaient avec des écorçoirs mal aiguisés, retourna vers celui qui semblait le chef d'équipe.

– Faudrait tout arrêter.

L'autre le regarda, hébété.

– Arrêter quoi ?

– De travailler les troncs avant de les mettre au fleuve, ça les fragilise, il faut leur laisser l'écorce pour que l'eau ne s'infiltre pas dans les fibres.

– Alors ?

– Faut envoyer à la Vitoul des grumes brut de brut.

Le chef d'équipe cracha dans ses mains comme s'il s'apprêtait à attaquer un baobab à la hache, et répéta :

– Brut de brut, ah oui !

– Et puis, compléta Schwara, il faut les assembler au moins par quatre, ils flotteront mieux, recevront moins de chocs.

– T'as l'air de faire l'affaire mais je peux pas t'engager sur place, faut aller au chantier est du pont, pour les embauches c'est les femmes qui décident.

– Des femmes qui conduisent le chantier ?

– Des Italiennes, elles supervisent tout.

– On verra bien, je cherche pas forcément du travail.

– Tu serais bien le seul, tu cherches quoi, alors ?

– Un ami, perdu de vue pendant les combats, dit Schwara pour se débarrasser de la question.

– Tout le monde cherche quelqu'un dans ce pays. T'as une piste ?

– Il était blessé mais c'est un jeune, ils sont pas faits pour mourir, les jeunes, tu crois pas ?

L'homme n'y avait jamais songé, il se concentra avant de dire :

– Ils vivent plus rapidement que nous, alors pour la mort va savoir, ils se dépêchent d'y aller, peut-être.

– À moins qu'on se dépêche de les y envoyer, glissa Schwara à mi-voix.

L'homme s'éloigna, c'était beaucoup de pensées pour aujourd'hui. Il allait suivre les conseils du charpentier qui parlait bien. Il expliqua aux ouvriers qu'il fallait charroyer les troncs avant de les équarrir. Ils s'en fichaient, ils étaient payés à la semaine, ils rentreraient plus tôt à la ville, ils préféraient, l'endroit était peu sûr. L'avant-veille au soir, des jeunes armés de barres de fer avaient dévalé la colline en gueulant, renversant leurs gamelles, cassant tout. Ils disaient que les bois leur appartenaient, voulaient les rançonner, des escrocs, des basanés, des Rom tout juste propriétaires de leur caravane. La bagarre avait été sévère, ils en avaient attrapé un, mince comme une fille, ramené au bivouac, il remarcherait pas de sitôt, ils en riaient encore. Schwara, qui avait entendu l'histoire, leur demanda d'une voix sourde :

– Il était comment ce jeune gars ?

– Ben, comme les autres, lui dit un d'entre eux.

– Oui mais, insista Schwara, son visage ?

– Qu'est-ce que ça peut foutre, c'est à son cul qu'on s'est intéressés, hein les gars ?

Les rires gras reprirent. Schwara se força à un vague sourire pour leur arracher un dernier indice :

– Des fois ils ont une drôle de barbe, ou une cicatrice, je dis ça parce que...

Il s'arrêta net, à quoi bon, les autres ne comprenaient rien à son histoire, ils retroussèrent leurs manches. C'était bien beau la parlote, mais fallait les pousser à l'eau ces bon Dieu de troncs.

Schwara descendit le fleuve par le dernier radeau. Personne ne voulut le suivre, il était fou. Les arbres, de quarante ans tout au plus, étaient souples, élancés. Avec leurs branches latérales entrelacées et tressées comme on le faisait par chez lui, il les avait si bien rapprochés que les quatre troncs paraissaient soudés. Une plate-forme capable de flotter sans problème pendant plusieurs heures.

Les ouvriers gagnèrent un pré avancé sur la pente de la colline d'où ils pouvaient surveiller les méandres de la Vitoul. Ils s'attendaient à voir exploser le radeau au premier rapide, le spectacle les laissa bras ballants, bouche entrouverte. Il filait droit, sans tournoyer. L'homme au long manteau (ils n'arrivaient pas à retenir le nom de Schwara) se maintenait fermement à l'avant, amortissant les chocs contre les rochers avec la courte perche qu'il avait embarquée. Il disparut derrière la dernière courbe du fleuve.

Ils redescendirent sans un mot. Il leur restait trois heures de bonne marche pour rejoindre le pont.

Schwara retrouvait les gestes jamais oubliés de convoyeur de bois de flottage, en accord avec les frissons de sa monture, jambes ancrées le long du même tronc pour éviter les torsions de la plate-forme, balancier des bras repliés à hauteur d'épaules, tête haute.

Un choc sur le côté contre une roche à fleur d'eau le souleva, il tourna autour de la perche sans la lâcher, s'arc-bouta, poussa avec ses muscles et son souffle, le radeau dévia sa course, amorça un demi-tour. En deux enjambées risquées il se retrouva sur l'autre bord, ficha la pointe de la perche au flanc de la roche et contrebalança la poussée des troncs par le travers. Une douleur pointue au flanc droit lui coupa le souffle, le radeau tangua puis se remit dans le droit fil de l'eau. Il retourna vers l'avant, scrutant les remous du fleuve. Un arbre à la dérive, hérissé de branches, le frôla avec des feulements de vipère en colère, son manteau alourdi d'eau pesait sur ses épaules, mais il se sentait si léger qu'il se mit à chanter. Chaque instant n'était qu'un instant, la minute qui venait effaçait la minute d'avant, il n'avait jamais existé que pour les secondes qui s'égrenaient avec la sérénité d'un collier de pluie.

Le conducteur de tracteur qui finissait d'attacher les dernières grumes pour les remonter sur l'esplanade redressa la tête. Parfois les femmes des campements chantaient en préparant le repas, mais là, la voix grave montant du fleuve était celle d'un homme. Il coupa le moteur, se hissa sur son siège et chercha à repérer celui qui s'aventurait à cette heure à traverser la Vitoul en dehors du passage autorisé par les autorités des deux rives. Ses yeux s'habituèrent à la lueur sombre qui dansait dans l'humidité du soir.

Il ne rêvait pas, c'était bien un radeau qui descendait le cours du fleuve, fait de quatre troncs, avec un grand escogriffe à la barre qui hurlait à tue-tête. Il courut vers la rive, le gars allait se ramasser, à force d'avoir raclé le déversoir les arbres en avaient entamé le rebord, le courant allait l'amener droit sur le tourbillon qui brassait l'eau à l'aplomb du ponton provisoire. Il sauta au sol, se saisit d'une gaffe et attendit, bras tendu, pour repêcher ce dingue. L'assemblage d'arbres, plus lourd qu'un seul tronc, ne prit pas la trajectoire qu'il croyait et passa un peu plus au large. L'homme au manteau gris se mit à courir d'un bord à l'autre comme s'il était sur la terre ferme, sautant lourdement aux quatre coins du radeau pour le faire virer.

Il est totalement cinglé, ce type, pensa le conducteur, mais le radeau obéissait à ses ordres déraisonnables plutôt qu'à la logique du fleuve. Un courant contraire, qui longeait la rive avant de se déverser à nouveau au mitan du lit, fit même remonter l'embarcation de quelques mètres vers l'à-pic d'un rocher en bec d'aigle. Elle embarqua trois vagues puis cessa de tourner. L'homme se releva, s'ébroua comme un grand chien, aperçut le conducteur d'engin, lui fit signe des bras, un salut, pas un appel au secours.

Sur la rive, le conducteur se mit à l'eau jusqu'aux genoux, gaffe tendue. Il n'eut pas à s'en servir, le naufragé de la Vitoul sauta sur le ponton, son radeau s'échoua doucement à l'angle du déversoir.

Il vit tout de suite que l'homme venait du nord de la presqu'île et il affermit sa main sur la gaffe. La renommée des forestiers n'était plus à faire, même si à présent des rumeurs contraires affirmaient qu'aux derniers mois de la guerre ils avaient été à leur tour victimes de massacres.

– Salut, dit Schwara, je me sécherais bien.

Il se baissa à l'arrière du tracteur, acheva de nouer la corde sur le tronc à tirer, et raconta simplement qu'il venait du chantier des bois, que le reste de l'équipe suivait par le sentier et que finalement la descente du fleuve ne s'était pas mal passée. Il n'avait pas perdu la main.

– C'est ton métier ? demanda l'autre.

– Pas tout à fait, à un moment de ma vie j'ai accompagné des charpentiers qui montaient couper du bois d'œuvre dans les montagnes. On poussait les troncs dans les couloirs d'avalanche, puis dans les torrents. Au printemps, avec les hautes eaux, on rassemblait les plus belles grumes pour les convoyer par le fleuve.

– Ça se fait plus depuis longtemps, dit le conducteur toujours méfiant.

– C'était pas tout à fait dans le coin, du côté des temples de Kumbeshwara.

– Connais pas.

– Tu suis les champs de rhododendrons, c'est tout droit.

L'autre sentit bien qu'il se fichait de sa figure mais, comme il n'en était pas tout à fait sûr, il ne dit rien. Ils remontèrent vers l'esplanade. Schwara suivait le tracteur comme on veille au socle d'une charrue, aidant le tronc à se maintenir dans le sentier par de petites tractions de sa perche. Il disait vrai, il connaissait le charroi du bois.

Le conducteur l'amena près d'un feu d'écorces. Schwara planta sa perche au sol, y suspendit son manteau, il y avait plus de fumée que de flammes mais la chaleur était bonne. Son pantalon et ses chaussures sécheraient sur lui. À l'autre bout de l'esplanade les ouvriers prenaient leur repas du soir, mal assis autour d'une table basse, servis par une femme aux cheveux pris dans un ample foulard noir. Il n'avait rien mangé depuis le matin, il rejoignit la cantine. La femme le détailla, elle ne l'avait jamais vu sur ce chantier, il sentait la vase et le fleuve. Elle attendit qu'il sorte des pièces pour lui servir deux galettes et un gobelet de lait fermenté. Les hommes, moustachus et coiffés d'une toque, mangeaient tête baissée. Il retourna près du feu.

La chaleur l'engourdissait et c'était agréable, comme quand il se glissait dans les trous d'eau chaude du bord de mer. Le fleuve l'avait débarrassé de la poussière de sa longue route, il se sentait propre. Une petite musique intérieure l'accompagnait, les notes d'harmonica que jouait l'enfant à la maison de planches bleues, quand il était à Birinia. Savoir que le pont de Ran-Mositar était à deux pas de là à présent l'apaisait. Des étincelles claquaient vers le ciel pour soudain disparaître, il n'y avait rien à en dire.

Quand l'équipe des coupeurs de bois arriva à l'esplanade, épuisée, traînant les pieds, le plus grand d'entre eux, hache à l'épaule, chercha le charpentier qui avait tiré le radeau là-bas sur la berge pour le féliciter.

L'homme s'était fondu dans la nuit. Seul restait sur une branche, plantée près du feu, son bonnet bleu.

POUR la troisième fois les enfants soulevèrent le rideau de toile cirée. Un grand de huit ans s'enhardit et toucha la chaussure de l'homme endormi. S'il ne bougeait pas, c'est qu'il était mort. Comme il s'armait d'un bâton pour s'en assurer, une main jaillit de dessous le manteau et lui saisit le bras. Le gosse hurla, les deux autres se replièrent en dévalant la chaussée. Avant de relâcher le gamin qu'il reconnut comme étant un des fils des réfugiés rom du bout de la rue des Fontaines, Schwara sortit de sa poche une figurine qu'il sculptait le soir pour s'occuper les mains, et la lui donna. Le visage du petit s'illumina. Il fit tourner entre ses doigts le minuscule dragon en bois de noisetier et prit ses jambes à son cou pour rejoindre ses copains.

Schwara s'adossa à ce qui restait de la courbure du mur de la sacristie peinte en bleu lavande et se prépara à se rouler une cigarette.

Depuis deux semaines il avait remisé sa sacoche et ses outils dans cette pièce basse obturée d'une vieille toile apportée par le vent. Il ne restait de la petite église de la Purification accolée au rocher que la sacristie, le chœur béant et la miraculeuse avancée du toit suspendu dans le vide qui couvrait l'abside et les premières travées de la nef effondrée. La nuit, les pierres de la voûte en surplomb se détachaient et roulaient jusqu'aux premières maisons. Le danger et l'histoire maudite de cette église en terre musulmane éloignaient les rôdeurs. C'était de là, disait-on, qu'était partie la guerre.

Il y avait trois ans maintenant que, dans un prêche extrémiste à l'occasion de la fête de la Vierge, le prêtre avait élevé la purification ethnique au rang de sacrement. Le soir même, les intégristes de sa minuscule enclave catholique rameutaient les croyants de la rive d'en face et incendiaient les maisons hautes du quartier musulman. En représailles, le lendemain, deux explosions rasaient le clocher de l'église et de jeunes musulmans exaltés traversaient la Vitoul pour précipiter trois lavandières de l'ouest dans les eaux du fleuve. Les chefs communautaires jonglèrent avec les braises du foyer, soufflèrent la haine, chaque camp fourbit ses armes, le pays s'embrasa au bruit des bottes nationalistes.

L'église de la Purification portait salement son nom. Seuls les enfants s'aventuraient parmi les ruines. Schwara en goûtait la tranquillité.

Installé devant la sacristie sur une stalle sauvée des gravats, il observait l'avancement des travaux du pont piéton. Le géant avec sa hache sur l'épaule l'avait relancé, quand il allait parfois manger une soupe du côté de l'esplanade, pour qu'il rejoigne son équipe de charpentiers, mais le temps de Lurdj et de Tarina était révolu. Il n'avait plus de raison de se faire embaucher, à présent il était un guetteur tissant l'attente.

Le matin il arpentait le quartier sans se presser, saluait les vendeurs accroupis devant leurs larcins de la nuit, fil de cuivre, cartouches de cigarettes, postes de radio, médicaments, portions alimentaires, whisky, puis allait boire un café turc avec des hommes méfiants qui parlaient fort. Les gamins avaient vite su que, dans les poches de son manteau, il y avait des cadeaux. Les plus hardis y plongeaient la main et rapportaient chez eux de petits animaux fantastiques sculptés dans du bois de charpente, chèvres à une corne, chiens à six pattes, tigres à queue de serpent, grenouilles à double tête, et des fleurs à mille pétales que les fillettes donnaient à leur mère.

Le soir il partageait le repas de ceux qui l'invitaient à s'installer autour de leur foyer. On refusait son argent, geste rare dans la cité en survie. Il parlait peu, demandait seulement d'une voix calme, avant de s'en aller, si personne n'avait croisé par hasard un homme au visage flou ou, au contraire, un grand gars au regard orgueilleux, ça dépendait des fois. Mais il s'agissait toujours d'un homme jeune qui se serait perdu ou irait seul dans la ville.

À Ran-Mositar, ce n'était pas comme ailleurs dans le pays, les gens ne se méfiaient pas de ceux qui posaient des questions. Chaque famille avait perdu un proche, un ami, un voisin, nul n'imaginait que l'homme aux mains de bois, comme on avait fini par l'appeler, pouvait rechercher quelqu'un pour une autre raison que le retrouver.

Le soleil qui prenait en enfilade le défilé des collines trouva le reflet d'un morceau de vitrail qui pendouillait au bout d'une baguette de plomb. Un losange violet virevolta sur la petite porte en bois qui fermait la niche dans le mur bleu où il tenait ses affaires. Un signal amical. Il sortit son maillet, affûta le ciseau, s'agenouilla devant la stalle tirée des décombres. Il avait réussi à remettre en place, avec de simples chevilles croisées, la miséricorde, petite console mobile qui permettait de s'asseoir pendant l'office sans en avoir l'air. À présent il redonnait forme à la guirlande de fruits qui courait le long du siège. Des pierres, en tombant, en avaient abrasé les flancs et il creusait dans l'épaisseur du bois, se fiant aux traces grises de l'ancien relief.

Il ne restait de sa cigarette qu'un mégot sans tabac. Dos courbé, son monde se rétrécissait jusqu'à n'occuper que l'infime espace entre le fer de son ciseau et la grappe de raisin qui naissait sous ses doigts. Il n'entendit pas derrière lui le souffle des deux femmes qui venaient de remonter les ruelles à pas lestes.

Ornatela, avec un large bandeau qui dégageait

son front lisse, fit signe à Maria de se taire. Un homme aux boucles brunes, indifférent aux ruines qui l'entouraient, sculptait, comme enroulé autour de ses mains qui maintenaient l'outil dans le fil du bois. Chaque courte frappe faisait voler une dentelle de copeau.

Elles avaient délaissé leur plate-forme du milieu du fleuve pour venir se rendre compte sur place de ce que l'on pouvait sauver de l'église de la Purification, répertoriée sur les tablettes de l'Unesco. Dans leur cartable de cuir de Padoue, elles avaient glissé un dossier sur les chapiteaux sculptés de l'église, des masques de sirène et des monstres sur fond de feuillage, des fruits et des gerbes liés. Et soudain elles se trouvaient projetées plusieurs siècles en arrière, sur l'aire de travail d'un artisan qui sculptait des entrelacs de fruits au flanc d'une stalle. Schwara se redressa pour passer un doigt sur la courbe d'un grain de raisin, s'éloigna en penchant la tête. Apercevant l'ombre double, il se retourna sans hâte. On lui avait dit que deux architectes s'occupaient de la rénovation du pont. Méfiant, il les salua en anglais bien qu'il maîtrisât l'italien.

– Les visites sont rares.

Elles n'étaient pas femmes à se laisser désarçonner. Maria ajusta son foulard mauve et lui envoya le double éclair de ses yeux de chat.

– Je ne vous ai jamais vu sur le chantier.

– Il y a bien d'autres lieux à Ran-Mositar que vous ne contrôlez pas.

Le ton était donné, d'égal à égal.

– Vous aimez ? dit-il en montrant son travail.

Maria sourit à nouveau, bien sûr qu'elle aimait ce genre d'ouvrage, mais d'habitude c'est elle qui posait les questions. Elle ne répondit pas tout de suite. Ornatela sortit des photos d'une élégante chemise cartonnée noir et jaune.

– Ces chapiteaux sont classés, peut-être sont-ils encore enfouis sous les décombres ?

Schwara secoua la tête négativement.

– D'autres aussi connaissent la valeur de ces pierres. Vous les retrouverez dans des caisses en partance pour l'étranger, dans les entrepôts de Lurdj ou sur les sites spécialisés d'Internet. Pas la peine de remuer ciel et terre, dit-il en désignant les ruines de la nef.

Il s'approcha des photos que tenait Ornatela.

– C'est étrange, cette flore et ces visages torturés, un mélange de gothique et de roman.

– On retrouve ces deux styles sur les faces d'un même chapiteau, c'est ce qui en fait leur rareté.

– Les guirlandes de fruits que je travaille, savez-vous qu'elles ornent aussi le retable ?

Une double exclamation, en écho :

– Le retable est intact ?

Schwara grimaça.

– Pas vraiment, venez voir, mais faites attention.

Il les guida le long de la sacristie. Une partie de la voûte du chœur s'était prise entre ce qui restait de mur et le rocher, une sorte de contrefort qui maintenait l'ensemble.

– Ça ne risque rien, les pierres sont bloquées, elles sont entrées en force, regardez !

Maria sortit de son cartable une petite lampe-torche en métal rouge. Dans la pénombre, le faisceau acéré révéla le coin d'un panneau pris sous des tonnes de pierre. On devinait un bas-relief, des personnages tête tournée vers les rayons matérialisés d'un soleil, les apôtres peut-être. Et en lisière, en effet, l'amorce d'une guirlande de fruits, rehaussée d'une couche dorée qui accrochait la lumière.

– De la peinture seulement, dit Schwara, si c'était des feuilles d'or il n'en resterait plus rien. N'essayez pas de le tirer de là, tout s'écroulerait. D'autres trésors sont perdus pour toujours, l'autel et ses colonnettes, entre autres, ils étaient en marbre de chez vous, un calcaire d'un magnifique bleu turquin.

Les architectes marquèrent le coup, l'homme en savait beaucoup pour un simple ouvrier. Maria rangea sa lampe, Ornatela replia son dossier. Schwara s'amusait.

– J'ai appris ces choses-là il y a longtemps, mais ici on m'appelle l'homme aux mains de bois, c'est joli, n'est-ce pas ?

Il n'en dit pas plus. Des questions se bousculaient aux lèvres des Italiennes, mais elles avaient de la tenue, elles y allèrent doucement.

– Vous connaissez bien des choses, vous savez sculpter, nous avons du travail pour vous, si vous voulez.

La réponse directe mit fin à l'échange :

– Moi, c'est le bois, pas la pierre.

Ils s'éloignèrent tous trois de l'église, d'un même élan. Schwara aussi redescendait vers le fleuve. Les femmes étaient venues à pied, sans escorte. Ornatela se mit à parler avec sa collègue, en italien, de la progression du chantier d'en face.

– Je vais faire refermer les casiers de la pile

ouest, la stabilité du sous-sol est correcte, les sédiments se sont tassés.

– Attends la fin de la semaine, le contremaître m'a dit qu'il aurait des bras disponibles.

– Je sais, ceux du type au baladeur !

Elles rirent franchement.

– Ce jeune est incroyable, avec son visage de travers. Il paraît qu'il creuse en solitaire, même la nuit !

– Je n'aime pas les trafics de Joannis.

– Ce n'est pas grave, il faut laisser une soupape de sécurité aux petits chefs, la boue appartient à tout le monde et sa barge ne gêne pas les travaux.

Schwara, qui écoutait distraitement, s'arrêta net comme si on venait de lui servir un brelan d'as à une table de poker.

Au moment où ils allaient se séparer, Maria se plaça dans un rayon de soleil qui réveilla une légère griffure parme dans ses pupilles et demanda en anglais sans avoir l'air d'y toucher :

– Vous avez connu le pont de Ran-Mositar avant sa destruction ?

Elles venaient de lever un espoir, il leur devait une réponse, il joua franc jeu.

– Oui, assez bien, on appelait ce pont le Vieux, ou le Père, c'est selon.

– Je ne savais pas.

Il se déplaça légèrement, la pupille de Maria redevint de jais.

– Nous avons rassemblé tous les croquis, les plans, mais il nous manque ceux de la clé de voûte qui...

Avant même qu'elle ait fini, Schwara compléta sa phrase :

– Était en bois d'olivier. C'est le seul pont au monde où le voussoir central était de pierre et de bois mêlé. Vous savez pourquoi ?

– Un symbole, je pense.

– Un duel, plutôt. Ce pays n'est qu'affrontement, entre gens des forêts du Nord et ceux des roches du Sud. Au XVe siècle les bourgmestres des deux rives tombèrent d'accord pour construire un pont de pierre sur la Vitoul, à condition, dit celui du Nord, que la clef de voûte soit aussi de bois. Celui du Sud, se croyant malin, accepta si on lui proposait une pièce de bois aussi résistante que ses pierres. Celui du Nord engagea le pari et brandit son épée. Le premier coup fendit la pierre de haut en bas, le deuxième sur la pièce de bois, brisa sa lame. Ceux du Sud, qui ne connaissaient pas l'olivier, s'inclinèrent et l'appelèrent le bois de roche. Les deux pièces de pierre et de bois furent taillées comme pour un même assemblage, des entures à sifflets immobilisées par des clefs, en tenant compte de la densité de l'une et de l'autre. Elles devaient être encastrées pour l'éternité, un minable tir de roquettes a mis fin à la légende.

– On a fait draguer le lit sur des kilomètres, la pièce d'olivier a été emportée par les crues et comme les archives de la ville ont brûlé...

Schwara se tut. Maria se rapprocha pour que son souffle l'effleure et reprit sur un ton de confidence auquel même Ornatela était peu habituée :

– En allant dîner chez un ami qui aménage un loft sur les hauteurs de l'ouest, j'ai découvert un square avec un énorme olivier au tronc miraculeusement intact. Il faut prendre à droite en haut de l'avenue du Commerce, au niveau de l'ancien marché, après une ruelle avec des géraniums on arrive au square, est-ce que vous...

Schwara détourna la tête, s'éloigna sans un mot, tourna à l'angle de la première maison basse pour remonter à l'église. Elles le perdirent de vue.

La nuit arriva, tiède. Une fillette aux cheveux noirs si longs et si épais qu'il ne vit que le bout de son nez le suivit, la main tendue. Il lui donna une oie au grand cou, ailes déployées, sculptée dans un éclat du retable. Sa mère l'appela : « Sylvaïa, Sylvaïa ! » Dans les Londes, c'était le nom des fauvettes à tête noire qui nichaient dans les buissons de la scierie.

La lune dans son dernier quartier diffusait une lumière cendrée. Il accrocha les jumelles à son cou, cacha son manteau roulé en boule et sa sacoche dans la niche du mur bleu lavande et rejoignit le quartier des réfugiés au bord du fleuve. Des hommes parlant haut et buvant sec gardaient les chemins de terre qui menaient au chantier. Il slaloma entre des montagnes de déchets et des tranchées de boue grasse avant de trouver un passage qui le mène au pied de la pile du pont. Elle était doublée par un échafaudage qui permettait d'accéder à la charpente du cintre reliant à présent les deux rives.

Il posa un pied sur le premier tronc équarri, peut-être un de ceux du radeau, et s'éleva sans bruit. Il n'y avait rien à chaparder sur l'échafaudage, les gardiens ne s'y intéressaient guère. Il se hissa au sommet et s'assit en tailleur sur l'étroite plate-forme qui avait servi à accrocher la banderole proclamant la générosité du patron de l'usine chimique de Mestre. Il attendit.

En face, sur la rive ouest, des lumières, de la musique, des klaxons, des cris, des rires. Sous ses pieds, la rumeur étouffée du village de tentes, la lueur tremblante des lumignons, quelques notes de guitare. Droit devant lui, l'enchevêtrement ordonné des bois de charpente liant les rives du fleuve.

Ses yeux s'habituèrent peu à peu à l'ombre. Il se tint ainsi immobile plus de deux heures. C'est en aval des casiers de la pile ouest, là où il ne la cherchait pas, qu'il repéra la silhouette, entre la masse d'une barge et la berge de boue. Ornatela et Maria avaient parlé d'un jeune solitaire qui travaillait la nuit aux abords du chantier.

Il calma sa respiration, plissa les yeux, hésitant entre le flou dont il s'arrangeait et la vérité que lui offraient les jumelles. Avec l'intonation douce des mots qu'il avait su glisser à l'oreille du maraîcher, à la femme du port de Lurdj, aux enfants de Birinia, à Christina, il s'adressa à celui qu'il cherchait depuis si longtemps et dont il redoutait la rencontre : « Revenir aux Londes avec du sang sur les mains, tu aurais pu déserter, le feu à la scierie, juste retour des choses, je sais, tu te caches, qui s'est occupé de toi, tu ne pleurais jamais, j'ai traversé toutes les guerres, les pions ne sont plus sur les bonnes cases, tu m'as manqué, je ne peux plus rien pour toi. » Puis se penchant en avant, les jumelles cette fois fermement ajustées au visage, il lança avec force : « Si c'est toi, Nils, je le saurai. » Deux cercles hachurés dansèrent devant ses yeux, gris sur gris. Il actionna la molette, essuya l'objectif, toujours aucune image. Un fou rire sourd le secoua, voleur volé, les Soviétiques avaient bradé l'optique et les prismes !

Qu'importait la réalité, il venait de prononcer son nom. Il avait dit à la femme du pêcheur qui lui reprochait de ne pas aller jusqu'au bout des choses, que lorsqu'il parviendrait à nommer celui qu'il cherchait, alors il serait arrivé. Il jeta les jumelles dans le vide, s'accroupit sur sa planche de trapéziste, la tête entre les mains, les yeux rivés à la silhouette qui semblait danser au bord du fleuve. Il n'irait pas plus loin que Ran-Mositar.

La nuit suivante, il reprit son poste de guet au sommet de l'échafaudage. Assis en tailleur il ne faisait que regarder du côté de la barge. L'homme vint sur le coup de dix heures du soir comme la veille et repartit vers quatre heures, au petit matin. Il avait une énergie folle et pelletait la boue sans un instant de repos, comme porté par une étrange urgence. Schwara prit l'habitude, chaque nuit, d'arriver en même temps que Nils et de s'en aller quand celui-ci quittait le bord du fleuve en longeant les casiers de la pile. Il ne doutait pas un instant que ce fût Nils.

Mais leurs liens étaient plus fragiles que le pont de Ran-Mositar, personne ne pouvait les reconstruire, le père et le fils étaient à jamais séparés.

LA lune avait manqué son rendez-vous avec Djon et il s'en inquiétait. Pelle à la main, il levait les yeux pour chercher dans le ciel au moins le reste d'une rognure d'ongle. Rien. Il attendit minuit, toujours rien, puis il espéra son lever pour l'heure suivante et ainsi de suite, en vain jusqu'à quatre heures du matin. Quand il jeta sa dernière pelletée de boue dans la barge, il se sentit profondément las. Autre chose que la nuit sans lune le tracassait. Depuis trois jours on le guettait du haut de l'échafaudage sur la rive d'en face. Il avait cru d'abord à une banderole qui battait au vent, mais la silhouette restait immobile pendant qu'il travaillait. On le surveillait. Hier, en partant, il s'était dissimulé derrière la pile du pont et il avait vu un homme descendre le long de l'échafaudage. Ni Jvorek ni Joannis n'étaient capables d'une telle agilité et personne d'autre pourtant que ces deux-là ne pouvait s'intéresser à lui. Il répéta « personne d'autre » en secouant fortement la tête, cala sa pelle sur l'épaule et, se forçant à ne regarder ni le ciel ni l'échafaudage, entama sa remontée. La cassette de son baladeur s'arrêta, il ne la retourna pas. Des papillons naissaient sous ses paupières, son souffle se faisait court, sa tête lourde. Il ne savait pas mettre de mots sur ce qu'il ressentait. Même si les racleurs de roche l'avaient pris sous leur protection, il allait seul dans la vie, et là, c'était comme si quelqu'un lui rappelait qu'il ne l'était pas et c'était encore plus douloureux de ne plus savoir exactement qui l'attendait.

Il se retourna très vite, l'homme au loin sauta au sol et disparut.

Il ne rentrerait pas au campement de la colline à la croix d'or. Malgré sa fatigue il se mit à courir le long de l'avenue du Commerce déserte, prit le boulevard des Mineurs et plongea vers les immeubles gris. Il ne savait plus l'heure, ni la nuit ni le jour, il voulait entendre Luria. Elle était seule. Depuis une semaine, Irini partageait avec

Alouche et Catrina une vaste tente avec douche et toilettes que les architectes avaient fait dresser sur la plate-forme. Un vrai luxe pour les deux sœurs qui fêtaient leur autonomie retrouvée.

Au seuil de l'appartement dont la porte n'était pas fermée, il s'arrêta. L'odeur était plus âcre qu'un compost de jardin. Il poussa le son de son baladeur au maximum et agita les écouteurs au bout des doigts. En réponse, dans le coin du divan, un râle de souris. À tâtons il se dirigea vers la table basse où Luria rangeait bougies et allumettes, deux flammes légères suffirent à bousculer les fantômes. À ses pieds, une flaque de vomi maculait le sol. Il sortit ce qu'il fallait de dessous l'évier, nettoya le carrelage. Grimpé sur une chaise il enfila ses bras par la lucarne et tira à lui toutes les feuilles de lierre qu'il pouvait attraper. L'air frais peu à peu emplit la pièce.

Pour ne pas gêner Luria, il ne l'avait pas vraiment regardée. Elle trouva la force de trottiner jusqu'à sa chambre et revint quelques instants plus tard propre, vêtue d'une longue robe de toile blanche égayée de cerises. Ses cheveux retenus sur le côté par deux barrettes dorées dégageaient sa nuque. Elle versa quelques gouttes d'extrait de rose sur les bougies qui grésillèrent et Djon pensa qu'elle avait pressé les fleurs de seringa pour en voler le parfum. Il s'assit sur le tabouret, la regarda et respira pleinement.

Elle sortait d'un pique-nique à la campagne, elle avait dans les yeux l'eau des rivières, les foins coupés, la nappe à carreaux et le vin des collines. Elle se mit à lui parler gravement de feu, de flammes, de poignard, de douleur, de brûlures d'alcool, de ventre rouge, avec des mots liés comme en psalmodiaient les femmes en noir du marché et qu'il ne comprenait pas. L'équation était trop complexe, il n'était qu'un homme au visage marqué qui pelletait la boue du fleuve avec le chant des oiseaux dans les oreilles. Alors quand elle lui tendit ses bras en anse, il la rejoignit sur le divan sans autre pensée que se reposer dans une clairière ronde dont il avait un vague souvenir, à l'ombre des bouleaux qui déroulaient leurs parchemins d'écorce, bercé par le sifflement régulier de la grande scie circulaire de l'atelier.

En début de soirée, une dague de feu avait transpercé le sein droit de Luria. Cassée en deux, puis à genoux, elle avait essayé d'atteindre les toilettes. Elle avait repris connaissance dans ses vomissures, s'était traînée jusqu'au divan puis avait glissé dans un demi-coma jusqu'à l'arrivée de Djon.

La veille, Irini était venue chercher quelques affaires et, pour la première fois depuis qu'elles étaient installées à Ran-Mositar, s'était emportée. Elle ne supportait plus les visites de l'homme au baladeur et avait lancé des paroles dures, disant qu'elle avait repéré Djon dès le premier jour, qu'il était un des miliciens qui avaient mis le feu au village, qu'elle l'avait fait embaucher à la place d'Alouche pour mieux le surveiller. Le jour où il l'avait raccompagnée jusqu'à l'appartement, la portant à bout de bras, elle avait reconnu son odeur fauve, sa façon de la serrer, c'était bien l'homme qui les avait poursuivies jusqu'au fond de la cabane du jardin. Elle avait jeté ces mots définitifs comme on sort des habits tristes du placard, quand un deuil va frapper la famille.

Luria n'avait rien répondu, elle ne cherchait plus qui était responsable des blessures qui emportaient son corps, chaque nuit elle mourait au creux du lit d'inconnus pour ne pas avoir à se poser la question, le monde entier la possédait, elle n'appartenait à personne.

Elle avait peur qu'Irini se mette en chasse avec la même détermination que lorsqu'elle avait tiré sur le renard des poulaillers. Elle aurait voulu dire à sa mère que la guerre brouillait les certitudes, qu'elle se trompait, que tous les soldats se ressemblaient, que Djon n'était pas celui du village en feu, qu'il était l'homme qui la faisait rêver. Elle s'était mise à vomir.

Elle voulait la chaleur de Djon, la force de Djon. Elle lui ouvrit les bras. Leurs jambes entremêlées les firent jumeaux dans l'ombre du canapé. Il allongea son grand bras pour qu'elle y pose sa tête. Les gestes de Luria n'étaient pas ceux de ses nuits du Palace. Du bout du doigt elle suivait les courbes de son visage, la peau mâchée de sa pommette droite qui tirait son sourire vers le haut, son menton avec ses poils follets sous la lèvre, son torse strié de boursouflures. Djon laissait échapper des soupirs et des mots qu'elle ne comprenait pas. Quand il posa sa main sur son ventre, elle souleva sa jambe pour qu'il glisse ses doigts entre ses cuisses, laissa couler ses larmes, sans bouger, puis chercha les lèvres de Djon.

Aux premiers rayons du jour, ils n'entendirent pas la porte s'ouvrir, ne virent pas le visage d'Irini se couvrir de cire grise. Ils volaient avec des oies sauvages, comme dans le conte suédois que son père lisait à Djon quand il était petit, et où Nils fendait le ciel, accroché au cou du jars le plus fort.

CATRINA et Alouche reposaient, recouvertes de leur drap de la tête aux pieds, comme dormaient les réfugiés dans les camps de transit. Deux formes, à peine des corps. Irini se leva sans bruit, repoussa la toile de tente. Le long de la plate-forme, les pierres montaient la garde sous leur capote huilée. Dans le calme du matin dominical le pont n'était qu'une dérisoire maquette en allumettes, abandonnée sur les bords de la Vitoul. La brume gommait les proportions, d'un saut de puce elle aurait pu franchir le fleuve.

Depuis qu'elle avait surpris Luria et Djon enlacés sur le divan de l'appartement, élle était envahie par cette vision d'enfer où victime et bourreau s'unissaient dans la même tendresse. Quand Catrina lui dit qu'il ne fallait pas qu'elle s'en étonne puisqu'elle avait tout organisé pour que ça se passe ainsi, elle s'était tassée et n'avait rien répondu. Quand son amie était revenue à la charge, disant cette fois que l'homme aux chants d'oiseau dans les oreilles n'était peut-être pas celui qui les avait poursuivies jusqu'au fond du jardin de son village, elle s'était dépliée brusquement et avait aboyé sa réponse :

– Lui ou pas lui c'est la même chose, nous avons promis dans le square, rappelle-toi ! Ne plus être des bouches cousues, crier pour les femmes qui n'en ont plus la force !

Et elle avait ajouté avec une détermination qui avait impressionné Catrina :

– Accompagne-moi, allons au bout de nos actes pour celles qui n'en ont pas le courage.

Elle s'approcha des pierres sagement numérotées à côté de leur gabarit, dévoila la plus grande, tirée à l'écart. On la gardait pour la clef de voûte, il n'y en avait pas d'équivalent au monde, elle devait s'encastrer dans sa moitié jumelle en bois d'olivier. Les Italiennes lui avaient proposé de travailler cette pièce unique qui bloquait toutes les tensions du pont dès qu'elles auraient retrouvé assez d'éléments d'époque pour la reproduire. Une marque de confiance magnifique. Elle la caressa du plat de la paume comme on flatte un gros animal au cuir rugueux. Des ondes la parcoururent. Près des fondations de la pile, les pattes de la bête pataugeaient dans des casiers qui seraient comblés demain, avec du mortier. Le pont de Ran-Mositar avait un cœur qui battait.

Elle se redressa, le feu aux joues, comme prise en faute. Le pont ne devait pas lui dicter ce qu'elle avait à faire, les forces qui lui commandaient d'agir pour sauver sa fille étaient de l'ordre du droit et de la raison, pas de l'émotion. Elle s'arracha à la fascination des pierres, descendit les escaliers taillés dans la terre, puis remonta vers la cabane du chantier désert. Elle avait besoin de respirer l'air des collines. Elle prit le chemin du square.

Avant même de pousser la petite porte, elle sentit qu'elle n'était pas seule. Pourtant, la balustrade, le banc, l'olivier, tout était à sa place, calme. Elle resta debout contre la barrière, à l'écoute du moindre bruit. Les notes d'un pianiste débutant, un tapis secoué par une fenêtre, des mots hachés par le vent, rien d'inquiétant.

Sur une des terrasses qui surplombaient le square, un couple déjeunait en amoureux.

Elle hésitait à entrer quand l'olivier se mit à parler :

– Vous êtes perdue ?

Elle tendit le cou vers l'arbre. La voix était celle d'un homme à l'accent indéfinissable, elle plissa les yeux, distingua une silhouette au pied du tronc. Elle ne risquait rien, au moindre cri les gens de la terrasse interviendraient. L'inconnu restait assis au sol.

– Vous pouvez avancer jusqu'au banc, ce serait mieux pour parler, moi j'ai un travail à finir.

Elle s'approcha à pas lents. Un homme aux cheveux noirs la regardait avancer, geste en suspens, un gros compas en bois à la main. Posée à ses pieds, une feuille de papier quadrillé couverte de croquis et de chiffres. Son visage était grave, il parla comme si, de toute évidence, elle savait ce qu'il était en train de faire.

– Le tronc est juste assez épais pour y loger un encastrement à la bonne profondeur. Pour la hauteur ce sera une autre paire de manches, il me manque deux ou trois centimètres et une enture de cette nature ne supporte pas l'approximation. La chance serait que le tronc garde encore un peu de sa largeur sous terre avant les racines, mais allez savoir, il faudra que je revienne avec une pioche.

Il ajusta son compas sur le tronc, reporta sa mesure sur la feuille, réfléchit, sembla découvrir cette femme vêtue de pantalons bouffants, aux yeux plus verts que les lacs des Londes.

– Excusez-moi, je suis dans mes affaires, un bloc d'olivier comme ça c'est une chance inouïe.

Il se redressa. Il était grand, sûr de sa force, il la dépassait de deux têtes. Elle ne s'était pas trouvée seule face à un homme depuis longtemps, sa voix se voila.

– Vous êtes bûcheron ?

– Pas tout à fait, je m'appelle Schwara.

– Étrange comme nom.

L'air était léger, dimanche laissait planer sur le quartier la nostalgie des capitales endormies, l'îlot du square flottait au-dessus de Ran-Mositar. Il se mit à parler en confiance, il allait quitter la ville, rentrer à la scierie, il déposait ses mots au hasard d'une rencontre comme on laisse derrière soi un carnet de voyage sur le coin de la commode d'une chambre d'hôtel, pour solder ses souvenirs.

– Ni bûcheron ni menuisier, compagnon maître charpentier, plutôt. J'ai appris mon métier en faisant le tour du monde. Au Népal, quand j'ai découvert le temple à cinq étages de Kumbeshwara, avec ses toits à gradins, ses consoles, ses corbeaux entièrement sculptés, j'ai compris que je ne savais rien, que je devais tout oublier, tout réapprendre. J'y suis resté plus d'un an mais ne suis jamais arrivé à prononcer correctement « Kumbeshwara ». Il se mit à rire. Avec ma voix de basse, les compagnons népalais n'entendaient qu'un grognement qui se terminait par « Schwara ». Voilà d'où vient mon nom, un cadeau précieux.

Elle était sur le banc, toujours méfiante, avec des questions directes :

– Pourquoi vous vous intéressez à ce vieil arbre ?

– Disons que c'est pour l'amour du bois, je vous assure, c'est vraiment rare, un tronc d'olivier de cette circonférence.

– Pourquoi ces mesures, alors ? insista-t-elle.

Et sans lui laisser le temps de répondre ajouta :

– Les architectes italiennes qui dirigent le chantier m'ont dit qu'il y avait en ville un char pentier capable de travailler le bois d'olivier, il pourrait même refaire à l'identique la partie jumelle de la clef de voûte du pont. Elles l'appellent l'homme aux mains de bois, il se tient sur la rive d'en face, c'est vous ?

Schwara s'installa à l'autre bout du banc, sortit son tabac. Elle se demanda comment il pouvait rouler une cigarette avec des doigts si forts.

– Il faudrait, dit-il posément, que cet homme ait gardé assez de mémoire pour se rappeler les cotes de la pièce manquante.

Il craqua l'allumette, fixa la petite flamme avec une étrange tension dans le visage, la laissa se consumer sans craindre de se brûler.

– Et pour ça, ajouta-t-il, il devrait faire le point avec son passé, dépoussiérer ses souvenirs.

Il se tourna vers Irini, lui sourit pour la première fois.

– À propos de poussière, la blanche, là, sur vos habits, votre pantalon, vos bras, c'est de la sciure de calcaire, non, vous travaillez pour ces Italiennes ? Alors, vous c'est la pierre, moi le bois.

Il n'en dit pas plus. Elle ne répondit pas.

Irini s'approcha de la balustrade. Dans le campement du bord de la Vitoul, l'heure était au repas du matin, des fumerolles blanches peignaient le ciel. Catrina devait s'éveiller avec sa sœur, sous la tente tiède.

Elle sentit l'odeur proche de la cigarette et serra ses mains sur la barre d'appui. D'une voix sombre mais étrangement douce, Schwara lui demanda, puisqu'elle travaillait au chantier, si elle n'avait pas croisé un jeune homme au visage en déséquilibre, parfois tendre, parfois dur. Il restait derrière elle, le regard perdu au-delà de la ville.

– Même s'il travaille la nuit, il doit sortir en ville le jour. Il avait une légère barbichette à la lèvre inférieure, mais depuis il s'est peut-être laissé pousser la barbe. La dernière fois que je l'ai vu il était blessé, il se tenait le ventre au seuil d'une scierie où je travaillais, dans les Londes. On l'appelait Nils.

Il tirait ses mots du fond d'un puits, lentement pour que ses phrases s'ajustent, comme si chacune, en remontant à la surface, risquait d'être la dernière. Il dit encore, sur le même ton, au même rythme, comme se parlant à lui-même :

– Est-ce que vous avez des enfants ? La guerre les a emportés, voyez-vous, on n'a pas su leur faire de place, le pays est reconstruit par de sales lézards qui traînent derrière eux de tristes mues de vengeance.

Irini était minérale, un bloc de pierre de la carrière des collines, les mains soudées à la balustrade.

– Je suis plus vieux que le pont, finit-il dans un souffle, j'ai mille ans et surtout la mémoire de ces mille ans.

La petite porte de la clôture grinça, un chien aboya dans les ruelles basses. Irini, seule, plus seule que jamais, s'essaya à un cri, mais aucun son ne sortit de sa gorge. Elle aussi avait plus d'un siècle de blessures sur les épaules.

CATRINA marqua un temps d'arrêt, serra le bras d'Irini, puis elles repartirent en silence, se faufilant le long de la cabane du contremaître. Des nuages cachaient la lune. Dans leur tête, aucune pensée extérieure à ce qu'elles accomplissaient, seulement la place de leurs pieds pour ne pas faire rouler de pierre, et la scène dix fois répétée. Catrina qui s'avance, Irini qui frappe par-derrière avec son marteau et elles deux, ensemble, qui basculent le corps dans le trou. Les gestes d'une tragédie antique sur les rives de la Vitoul.

Le temps virait à l'orage. À chaque coup de pelle, Djon sentait les cicatrices de son ventre se tendre comme des cordelettes mouillées. Il se redressa lentement, s'accroupit pour assouplir ses muscles, se releva. De lourds nuages descendaient des collines sans apporter de fraîcheur. Il jeta un coup d'œil vers l'échafaudage du pont, fit remonter son regard jusqu'à la plus haute des plates-formes. Le guetteur était toujours là, il pouvait poursuivre son travail. Quand il était petit, son père lui avait offert une lampe de chevet avec un système astucieux de lumière et d'ombre qui faisait tourner sur l'abat-jour des nuages et de grands oiseaux aux ailes de voilier. Les premières nuits, craignant que la veilleuse ne s'éteigne dès qu'il aurait fermé les yeux, il n'avait pas dormi, puis peu à peu il avait accepté que l'escadrille d'oies l'accompagne dans son sommeil. C'était la même chose pour le guetteur, au début il craignait sa présence, à présent il en avait besoin.

Étonné de voir remonter, comme dans un rêve, des images dont il ne savait pas vraiment si elles lui appartenaient, il tapota son baladeur. D'étranges appels interféraient avec le vol des oies sur l'abat-jour, une courte phrase en boucle qui plaçait une boule au fond de sa gorge, « bonne nuit, Nils, bonne nuit, Nils ».

Là-haut, l'homme veillait sur lui. Il pouvait continuer son travail, fouiller la boue du fleuve qui rejetait des morceaux d'os et de chair, rien ne lui arriverait.

Il reconnut tout de suite le visage rond de Catrina et se demanda ce qu'elle faisait seule à cette heure sur le chantier de la barge. Il redressa la tête. Irini le frappa deux fois violemment au sommet du crâne et sur la tempe quand il s'écroula. Puis elle jeta son marteau très loin au milieu du fleuve.

Le corps de Djon était lourd, mais l'énergie des femmes démesurée. Elles le portaient sous les bras et par les jambes, comme elles avaient vu tant d'autres corps suppliciés être menés à la fosse commune. Elles remontèrent la berge jusqu'au soubassement de la pile du pont, choisirent le casier le plus proche du fleuve, à l'abri des regards du chantier. Le corps de Djon, pieds en avant, s'y glissa sans bruit. Au fond, il s'affaissa sur ses talons et l'ombre du trou l'absorba.

Les deux femmes remontèrent vers la cabane du contremaître, tirèrent de sous un tas de gravier les sacs de jute qu'elles y avaient cachés, les remplirent à la main. Le corps s'était encore tassé, il suffit de cinq allers-retours de sacs pleins pour qu'il disparaisse. À la fin de la semaine on devait colmater les derniers casiers, elles s'étaient portées volontaires pour reprendre les brouettes et charrier le ciment.

Irini venait d'accomplir le plus grave des gestes de sa vie, le plus injuste, le plus essentiel aussi. Sa fille pourrait oublier les cris dans la cabane au fond du jardin, elle ne pleurerait plus en travers de son lit. Elle s'occuperait de sa maladie, croirait à la guérison de son corps, renaîtrait.

Catrina avait déjà tourné la page. Son histoire était ailleurs. Dans une poche, cousue dans l'épaisseur du tissu de son pantalon, elle gardait un petit carton avec le numéro de portable du passeur italien et les dollars de la vente des boucles d'oreilles. Elle quitterait la ville dans les prochains jours, avec Alouche.

Les deux femmes rêvaient. Avoir fait disparaître l'homme chargé de tous les péchés de la guerre leur ouvrait les portes de l'espérance.

Comme s'il suffisait de deux coups de marteau pour en pousser les battants.

Un éclair jaillit du sommet de l'immense croix dorée. Le roulement d'un tonnerre lointain descendit le long du fleuve et fit vibrer l'échafaudage sous une poussée de colère.

APRÈS s'être usé les yeux à essayer de repérer l'homme qui soudain avait disparu avec sa pelle, Schwara se résolut à quitter son poste de guet et à rejoindre l'église de la Purification. Il avait cru appercevoir d'autres silhouettes, des bras qui se levaient, puis plus rien. Le néant, s'était-il dit, sans savoir.

Les oiseaux du matin se répondaient d'une rive à l'autre, il n'entendait que le fleuve qui gémissait.

Installé sur la stalle, comme un dérisoire roi des singes dans les ruines d'un palais, il put se dire, la gorge nouée, qu'à peine retrouvé il venait de perdre Nils et qu'il n'avait rien fait pour le sauver.

Il s'essaya à quelques sculptures, son maillet était lourd, le ciseau sans âme, il les remisa dans sa sacoche. Du mur de la sacristie il détacha un morceau de plâtre bleu, tailla en pointe un bout de brique et se glissa sous ce qui restait du chœur. À genoux il se mit à dessiner l'épure de l'assemblage de la clef de voûte du pont, l'enture à sifflets qui permettait à deux pièces de densité différente de s'accorder et de n'en faire plus qu'une. Il traçait de mémoire, brique rouge pour la pierre, plâtre bleu pour le bois, reportant au millimètre près les cotes en trois dimensions. Il paracheva son dessin par une esquisse du pont tel qu'il l'avait apprise avant son tour du monde de compagnon. Puis sa main se libéra, il fit danser sur le mur une fresque de nuages bleus poussant une oie magnifique aux longues ailes chevauchée par un petit garçon qui riait. Des larmes mouillaient ses joues.

Il taillait son crayon de brique quand des crissements de pas lui firent tourner la tête. Maria, dans sa salopette grise, s'accroupit à ses côtés, avançant aussitôt le prétexte de sa visite pour s'excuser de le déranger si tôt le matin.

– Le retable, je suis venue prendre des photos de ce qu'il en reste, vous voulez bien ?

Sans attendre, elle sortit un appareil de sa poche, effectua quelques réglages, aperçut le croquis bleu et rouge sur la voûte et, sidérée, baissa les bras. Sa voix était cassée par l'émotion.

– Comment connaissez-vous les cotes des deux pièces de la clef de voûte ?

Schwara s'était remis à dessiner, à la suite du gros jars d'autres oies sauvages avalaient les traits de l'épure et de longs nuages bleus recouvraient déjà les chiffres. Elle cria en italien : « Arrêtez, s'il vous plaît ! », le rejoignit à quatre pattes, mit sa main sur la sienne pour retenir son geste, poursuivit en anglais :

– Arrêtez, j'ai interrogé mes services par mail, un seul homme peut nous aider, un compagnon charpentier, Azardjick, on retrouve son nom à propos du pont piéton de Ran-Mositar, il en aurait fait une maquette, son chef-d'œuvre, c'est pour ça que je suis montée jusqu'ici. Est-ce que vous le connaissez ?

Elle reprit son souffle et ajouta d'un ton suppliant :

– Qui que vous soyez, n'effacez pas la mémoire du pont, elle appartient à l'humanité.

Schwara se retourna d'un seul bloc, les traits sombres. Il avait fui les Londes en flammes, les campagnes, les ports ravagés par les bombes et la haine, sauté d'île en île pour retrouver un enfant qui allait au-devant de sa mort, et cette fille lisse qui n'avait connu de drame que celui d'avoir dû laisser à Florence ses escarpins vernis lui signifiait qu'elle le classait au patrimoine des hommes de savoir, et qu'à ce titre il lui devait son passé ! Il sentit son parfum d'Italie, elle tremblait, elle était belle, de jais et d'or, d'une autre planète, il se calma. À présent que Nils était mort, les données d'une clef de voûte d'un vieux pont piéton étaient sans importance. Il déverrouilla sa mémoire, comme défile son passé au moment de la dernière chute.

Sans lâcher son crayon de brique il raconta comment Azardjick était devenu Schwara, compagnon puis maître charpentier retiré dans les Londes où il faisait le bûcheron, et les feux de la guerre qui l'avaient délogé de la scierie pour le jeter à nouveau sur les routes. Aujourd'hui il n'était qu'un homme aux doigts de bois hantant les ruines de l'église de la discorde, faisant des cadeaux aux enfants, lui qui venait de perdre le sien. Maria buvait ses mots, rivée à ses lèvres. Il parlait vite, ses phrases rebondissaient, bifurquaient, il souriait dans le vague, puis reprenait son propos en spirale, l'air infiniment triste.

Ils se tenaient figés sous la voûte instable du chœur, tels les santons oubliés d'une crèche après la débandade des Rois mages. Lorsqu'il se mit à parler du jeune homme dont il portait déjà le deuil, la pression de ses paroles retomba, ses mots s'emboîtèrent, anneaux d'un serpent à l'agonie. Que Maria suive ou pas n'avait aucune importance.

– Caché dans un bosquet de noisetiers il gémissait, avec sa petite barbe d'étudiant comme avant qu'il ne s'enrôle chez ses amis nationalistes. Il avait tué, pris des femmes, mis le feu à leurs maisons, les exploits de son unité étaient remontés jusqu'à moi. Le vent avait tourné, ceux des plaines à présent le poursuivaient. Je ne l'avais plus revu depuis un an. Je ne pouvais pas accueillir un assassin à la scierie. C'est chez moi, me disait-il en pleurant. Ils arrivèrent, fusil et vengeance, mirent le feu. Il a sauté par la fenêtre, des balles l'ont touché, il a disparu.

Il déglutit sa salive et continua pour lui-même :

– Je l'appelais Nils, quand je l'ai retrouvé à Ran-Mositar d'autres l'appelaient Djon. Cette nuit, ceux de la plaine ont fini par le tuer. Je ne pouvais rien pour lui, sauf être là quand il allait mourir. C'est lui qui a convoqué son destin, il en est responsable. Victime, c'est mieux que bourreau, pour son âme.

Sa voix se cassa net et il n'eut que la force d'ajouter :

– Je t'aime tellement, Nils.

De grosses gouttes s'écrasèrent sur la voûte, l'orage qui rôdait depuis deux jours autour de la ville éclatait enfin. Maria s'empressa de photographier les croquis de Schwara avant que la pluie ne les efface. Pour la pièce en bois d'olivier, elle se débrouillerait avec Ornatela, elles avaient l'arbre et les plans.

L'homme aux mains de bois était reparti, laissant derrière lui sa scie, son maillet, son ciseau et son fils.

À CINQ heures du matin, Luria fut prise d'une crise de tétanie qui la rejeta épuisée sur le canapé. Djon n'était pas là pour la prendre dans ses bras. Par moments il la serrait tant qu'elle pensait perdre le souffle et partir comme un chardonneret entre les doigts d'un enfant maladroit, mais sa force la protégeait. Six heures, puis sept, Djon ne passerait plus. Elle comprit que le piège s'était refermé sur le renard. Elle n'en voulut pas à sa mère, la vengeance avait guidé sa main mais elle s'était trompée de combat, l'homme l'aurait sauvée.

Elle ouvrit le placard de sa chambre, étala ses robes sur le lit, choisit celle en coton émaillée de cerises, remonta ses cheveux avec les barrettes dorées parce que Djon disait qu'ainsi elle avait l'allure d'une princesse d'autrefois, et traça un large trait tulipe sur ses lèvres comme pour un jour de fête. Elle s'arrêtait fréquemment, la main plaquée sur son sein. Le nid de la bête était devenu trop étroit, ses petits cherchaient à sortir à travers les chairs. À présent que Djon n'était plus là pour les chasser, ils prenaient toute la place, se multipliaient.

En sortant elle s'arrêta devant le tableau, fixa longuement la colombe, puis lacéra les barreaux de la cage à coups d'ongles. L'oiseau s'envola dans un grand bruissement d'ailes, elle laissa la porte de l'appartement ouverte.

Elle allait au-devant de Djon.

L'orage la surprit au bas de l'avenue du Commerce, pluie et grêle mêlées. Les gens couraient pour se mettre à l'abri. Elle avançait comme si le soleil l'accompagnait, dansant dans ses chaussures bleu roi. La buée empêcha Joannis de la voir passer devant sa cahute. Elle ne se cachait pas, elle avait rendez-vous.

Elle trébuchait sur le sentier de boue, se relevait, reprenait sa descente vers la pile du pont, reine du bal des eaux dans sa robe détrempée qui s'étirait sur ses talons. La Vitoul rugissait, se cabrait, arrachait aux rives des langues de terre brune. D'incessants éclairs déchiraient la chape noire qui coiffait les collines. Plus haut sur la rivière, le barrage du pont aux chèvres grossissait à vue d'œil, l'eau bouillonnait dans les marmites de géant, des troncs d'arbres déchiquetés par la foudre s'encastraient comme des flèches dans l'amas de branches et de roches.

La crête d'une vague plus haute que les autres s'envola sous la poussée du vent et gifla Luria. Elle lança ses bras en arrière pour se retenir aux graviers qui fuyaient sous ses doigts, réussit à s'accrocher à une brouette chargée de pierres. Elle s'y affala, plus meurtrie qu'une truite éventrée, reprit son souffle avant de repartir vers la barge. Le soleil dans sa tête jonglait avec les étoiles.

Un grand pan de pré se détacha comme une part de flan au-dessus du pont aux chèvres, entraînant dans sa dérive un chêne centenaire. Avec une puissance infinie, il s'encastra jusqu'au cœur du barrage qui explosa. Les flots se ruèrent par la brèche. Le mur d'eau s'engouffra dans le défilé de la rivière, déboula dans la Vitoul qui, en quelques secondes, monta de plus de deux mètres.

Djon n'était pas sur le chantier, Luria ne trouva que son baladeur dans la boue. Comme elle l'avait vu faire si souvent, elle enclencha l'appareil, ajusta les écouteurs. Un seul des deux marchait, elle sourit, l'autre était pour lui. La musique dans l'oreille, elle n'entendait pas le fleuve hurler. Elle planait.

Le raz de marée frappa de plein fouet le rocher en bec d'aigle au-dessus du déversoir, rebondit sans perdre de sa force, heurta la pile ouest du pont, vrilla le soubassement, mais la culée tint bon. Le tire-bouchon d'un tourbillon fouilla les caissons, le corps de Djon tiré de son cercueil de gravier remonta en dansant au cœur du fleuve. Au même instant, une énorme vague sombre contourna la barge et enveloppa Luria. Elle ferma les yeux, il suffisait qu'elle s'accroche au cou de l'oie et qu'elle fasse confiance à Nils. Elle ne risquait plus rien, les nuages bleus les guidaient.

Les eaux de rage poursuivirent leur course vers la plaine, à Ran-Mositar la Vitoul regagnait déjà son lit. Les piles et l'échafaudage avaient résisté, à l'automne les télévisions du monde entier seraient là, comme prévu, objectifs rivés sur la clef de voûte, symbole de toutes les réconciliations. Mais qui pouvait parier sur l'avenir d'un pays qui chérissait son pont et laissait sombrer ses enfants ?

Lorsque Maria prit connaissance des photos de l'église de la Purification, elle fut surprise de découvrir, entre l'épure du pont et les oies sauvages, tracée en minuscules lettres dorées – sans doute un peu de peinture prise au retable –, une phrase énigmatique qu'elle s'empressa d'oublier : « Le monde est illisible. »

DU MÊME AUTEUR

Aux Éditions Albin Michel

MENACE SUR LA VILLE, 1998.

HAUTE EST LA TOUR, 2003.

Chez d'autres éditeurs

LE VENT DES FOUS, « Série noire », Gallimard, 1993.

PINGUINO, Syros, 1994.

LOA, WEE ET ARUSHA, Syros, 1994.

FOULÉE NOIRE, La Baleine, Le Seuil, 1995.

LE SQUAT RÉSISTE, Syros, 1996.

UN TROU DANS LA ZONE, « Le Poulpe », Le Seuil, 1996.

LES YEUX DE BEE, La Baleine, Le Seuil, 1998.

LA GARE DE LOURENÇO, La Baleine, 1998.

MATIN BRUN, Cheyne, 1999.

PRISE D'OTAGE AU SOLEIL, Nathan, 2000.

JARDINS DE BARBARIE, poèmes, Éditions du Ricochet, 2000.

INDIENNES D'EXIL, poèmes, Triptyque, 2001.

LA NUIT DES FRICHES, Le Verger, 2001.

UN DOIGT DE LIBERTÉ, Trait d'union, 2001.

APRÈS MOI, HIROSHIMA, Zulma, 2002.

ESCALE À CHÂTEAU-ROUGE, Milan, 2002.

SOMMEIL DE PAGNE, Desclée de Brouwer, 2003.

LE SILENCE DES AIGLES, Alternatives, 2004.

Composition IGS-CP
Impression Bussière en juillet 2005
Éditions Albin Michel
22, rue Huyghens, 75014 Paris
www.albin-michel.fr
ISBN broché : 2-226-16723-4
ISBN luxe : 2-226-13924-9
N° d'édition : 23567. – N° d'impression : 052644/4.
Dépôt légal : août 2005.
Imprimé en France.